丛书主编●饶曙光

新中国少数民族电影
筑梦之旅·新疆卷

王 敏 等 著

北京师范大学出版集团
BEIJING NORMAL UNIVERSITY PUBLISHING GROUP
安徽大学出版社

图书在版编目(CIP)数据

新中国少数民族电影筑梦之旅.新疆卷/饶曙光主编;王敏等著.—合肥:安徽大学出版社,2016.2

ISBN 978-7-5664-1025-2

Ⅰ.①新… Ⅱ.①饶…②王… Ⅲ.①少数民族-题材-电影影片-研究-新疆 Ⅳ.①J905.2

中国版本图书馆 CIP 数据核字(2016)第 018512 号

新中国少数民族电影筑梦之旅.新疆卷
XINZHONGGUO SHAOSHU MINZU DIANYING ZHUMENGZHILV XINJIANGJUAN

王 敏◎等 著

出版发行:	北京师范大学出版集团 安 徽 大 学 出 版 社 (安徽省合肥市肥西路3号 邮编230039) www.bnupg.com.cn www.ahupress.com.cn
印　　刷:	合肥远东印务有限责任公司
经　　销:	全国新华书店
开　　本:	170mm×240mm
印　　张:	12
字　　数:	166 千字
版　　次:	2016 年 2 月第 1 版
印　　次:	2016 年 2 月第 1 次印刷
定　　价:	29.00 元

ISBN 978-7-5664-1025-2

策划编辑:赵月华　张　锐　　　装帧设计:任志宏　张　浩
责任编辑:苏　昕　　　　　　　美术编辑:李　军
责任校对:程中业　　　　　　　责任印制:陈　如

版权所有　侵权必究

反盗版、侵权举报电话:0551-65106311
外埠邮购电话:0551-65107716
本书如有印装质量问题,请与印制管理部联系调换。
印制管理部电话:0551-65106311

目　录

导言 /1

第一篇　民族影像的银幕初探 /1

一曲哈萨克族草原的恋歌
　　——《哈森与加米拉》 /3
两代人的奉献之歌
　　——《两代人》 /16
石榴花的银幕初放
　　——《阿娜尔罕》 /27
天山脚下的塔吉克族红花
　　——《冰山上的来客》 /38

第二篇　民族人物的影像塑造 /50

铮骨忠魂捍边疆
　　——《向导》 /52
民间智慧的形象化身
　　——《阿凡提》 /63
一场爱的传奇
　　——《艾里甫与赛乃姆》 /74

以歌舞为生
——《不当演员的姑娘》 /84

爱情的挽歌
——《美人之死》 /96

身份错位的爱情是否有效
——《买买提外传》 /106

木卡姆音乐之母
——《阿曼尼萨罕》 /117

第三篇 区域叙事的类型诗篇 /127

吐鲁番的葡萄熟了
——《吐鲁番情歌》 /129

同一个世界,同一个梦想
——《买买提的2008》 /140

塔里木河的沧桑故事
——《大河》 /150

钱在路上 情在心尖
——《钱在路上跑》 /160

一份多民族区域里的母爱
——《真爱》 /170

新疆民族题材影片索引 /178

导　言

新疆电影作为中国边疆电影的重要组成部分，一直以其鲜明的地域经验、民族特色与文化内涵获得了较高的艺术声誉与区域辨识度。当我们以既有的新疆电影题材内容、艺术特征反观新疆当代电影的发展脉络时，不难发现，自1955年第一部电影《哈森与加米拉》将哈萨克族题材电影推向全国以来，新疆的电影发展经历了三个重要的历史发展阶段，它们以其各自不同时间阶段的艺术面孔与时代特点，共同参与了中国当代多民族电影史的构建过程。

第一阶段，从1955年到1978年，是新疆电影发展的初期阶段。在此阶段，一批早期援疆的中国电影人如陈岗、欧凡等以乌鲁木齐电影制片厂（1959年元旦成立，同年3月1日更名为新疆电影制片厂）为创作中心，以巨大的生产热情投入电影厂的初建以及对"边疆题材"影像表达的艺术探索之中。如何在新疆题材呈现、意识形态表达与艺术追求方面实现多维耦合，是他们反复探求的艺术主题。在此期间，《哈森与加米拉》、《沙漠里的战斗》、《两代人》、《远方星火》、《阿娜尔罕》、《冰山上的来客》、《草原雄鹰》、《天山的红花》、《黄沙绿浪》、《绿洲凯歌》、《雪青马》等一系列新疆多民族题材的优秀影片，开启了新疆电影银幕初探的先河。与"十七年"时期中国少数民族电影创作整体特点一致的是，此时的新疆民族题材电影创作除了在地域风光、民族特性与历史传奇之外，也对时代变迁与阶级分化的主题保有高度的关切。遗憾的是，这一短暂而辉煌的边疆电影发展初期由于诸种原因，于1962年10月23日，随着中央国务院与自治区党委的决定而宣布停止，只剩原新疆电影制片厂还在生产维语翻译片,并改名为"新疆电影译制片厂"。这一历史境遇使得新疆电影保持了一个民语译制片的重要传统。据不完全统计,从1957年至1989年,新疆电影译制片厂共译制完成维、哈语影片共459部,其中,绝大部分是国产故事片。

  第二阶段,从1979年至1999年,是新疆电影的发展与繁荣阶段。在这一时期,与新疆电影制片厂恢复建厂并更名为"天山电影制片厂"相对应的是,新疆电影人在长时间的不懈努力中获得了丰厚的生活积累、成熟的人才培养经验以及更饱满的创作热情,与全国电影创作步调一致地进入了影像表达的全新时期。与初期新疆电影生产的主力主要靠援疆电影人实践相区别的是,此时的新疆电影生产已经形成自身的本土力量,创作人员也主要为本地人。广春兰、董玲、金丽妮、吐依贡等一批新疆本土电影人开启了新疆本土电影的实验探索阶段,他们逐渐形成新疆电影人的影像自觉性,有意识地将本地文化、历史资源与故事片的影像叙事相结合,并能够积极遵循电影市场的规律,探索实行新的生产管理制度,促进新疆题材电影的市场转型。值得一提的是,自1993年始,随着中国电影开始进入实质改革阶段,天山电影制片厂进入"合拍片"时期,这无疑也是市场经济中新疆电影生产谋求出路的一个自然结果。此间,也有诸如《阿曼尼萨罕》、《阿娜的生日》等不少优秀的少数民族题材电影诞生于合拍片的影像实践之中。

  与此同时,受拨乱反正的文化复兴、改革开放的文化语境以及恢复建厂、市场改制的创作热情等影响,新疆的民族题材电影呈现出一派蓬勃发展的景象。以新疆天山电影制片厂1979年拍摄的第一部彩色故事片《向导》为标志,新疆电影进入多民族人物影像塑造的成熟阶段。在此期间,《草原枪声》、《阿凡提》、《艾里甫与赛乃姆》、《幸福之歌》、《姑娘坟》、《热娜的婚事》、《不当演员的姑娘》、《伞花》、《边乡情》、《冰山脚下》(曾名《阿克莱》)、《奴尔尼莎》、《故乡的旋律》、《戈壁残月》、《亲人》、《神秘的驼队》、《钱,这东西》、《不平静的巩巴克》、《魔鬼城之魂》、《美人之死》、《买买提外传》、《光棍之家》、《西部舞狂》、《火焰山来的鼓手》、《阿凡提二世》、《良心》、《会唱歌的土豆》等一系列影片,为中国电影银幕贡献了一幅生动的新疆多民族人物谱系。

第三阶段,从2000年至今,是新疆电影的改革与调整阶段。以2002年天山电影制片厂转变为事业编制单位为契机,新疆电影生产进入全新的管理与生产模式阶段。与第二阶段新疆电影选择积极主动与市场结盟的创作动机不同的是,此时的新疆电影结合类型电影的叙事成规,侧重民族题材的主旋律表达,并以接连的奖杯与喜报收获了区域电影在国内的知名度。细数此时的新疆电影,如《真心》、《库尔班大叔上北京》、《美丽家园》、《吐鲁番情歌》、《买买提的2008》、《大河》、《鲜花》、《生死罗布泊》、《真爱》等影片,几乎包揽了中国电影所有最重要的奖项,可谓进入天山电影制片厂得奖的黄金时期,形成了中国电影评论人所说的引人瞩目的"天山现象"。《巴彦岱》、《钱在路上跑》等影片也不乏题材制胜的创作考量。当然,需要指出的是,与极高的区域影片声望以及知名度不相一致的是,新疆电影较之其发展的第二阶段失去了市场的活力与公众的认知度,与其他省份电影生产大幅度市场化的进程相比,颇有一些无奈。不过,"庙堂"之外,不忘"江湖",是否必须?这兴许也是中国当代少数民族题材电影需要一致考虑的创作问题吧。

言及于此,我想指出的是,由于篇幅所限,每一历史阶段只选取具有代表性的三四部影片作为赏析案例,未选之作也不乏各自创作的优点,未能一一点评,这一志业,便是留作未来,面向更多同道的写作期许吧。本书编撰过程中,得到我的学生们的积极赐稿,尤其是我的两位研究生,新疆大学文艺学2014级学生张乃馨以及文艺学2015级研究生姜凯丽参与了书稿校对、审查大量工作,他们所付出的心血值得肯定,在此一一致谢,并请允许我将学生们所做的文章撰写工作一一罗列:

《哈森与加米拉》、《向导》、《买买提外传》、《美人之死》、《买买提的2008》(姜凯丽);《两代人》、《阿娜尔罕》、《艾里甫与赛乃姆》、《不当演员的姑娘》、《吐鲁番情歌》(张乃馨);《冰山上的来客》(马丹);《阿凡提》(马悦);《阿曼尼萨罕》(张宪);《大河》(贾远娜);《钱在路上跑》(尚东方);《真爱》(贾远娜)。

本人所主持的新疆大学《经典影片分析》精品课程为此项工作的开展提

供了许多便利,尤其为电影资料的查询以及创作背景故事的访谈提供了一定经费支持,在此一并感谢。

期待此卷书的编撰能为读者们打开新疆电影的阅读之旅。

王　敏

2015 年 7 月

第一篇　民族影像的银幕初探
（1955～1978）

　　1955年—1978年是新疆电影的银幕初探期。此一阶段的新疆少数民族题材电影创作主要表现在阐释国家意识形态体系的基本主题、再现民族地区生产生活现状的同时，探索新疆少数民族题材电影的艺术创作特色的道路，将意识形态宣教、导演的艺术追求、故事叙事的引人入胜与少数民族人物形象塑造的打动人心有效结合。

　　在新疆少数民族题材电影创作的银幕初探阶段，《哈森与加米拉》、《两代人》、《冰山上的来客》、《阿娜尔罕》等四部电影因其各自对故事内容独特的区域表达、人物形象的典型塑造取得了卓越的艺术成就。

　　《哈森与加米拉》、《冰山上的来客》、《阿娜尔罕》分别通过讲述大时代背景下边疆地区哈萨克族、塔吉克族及维吾尔族各民族间荡气回肠的爱情故事，将争取爱情的合法性与通过革命获得阶级身份突破的主题内在结合，爱情追求与少数民族地区独特的抒情特质显豁相融，表现出与中心城市的汉民族题材电影迥异的审美特质，构成了这一时期新疆少数民族题材电影的叙事动力。在丰富新中国银幕故事内容的同时，也为中国多民族影视叙事建立了全新的边疆表达体系。这些影片浓缩了边疆地区少数民族的生活特点与民俗内容；通过表现少数民族个体在爱情追求与价值实现间的遭遇，凸显整个时代的文化变迁主题。相较而言，《两代人》则开启了新疆不同民族间交往交流影像叙事的艺术先河，同时，在少数民族叙事以外，也使得少数民族地区汉族两代人如何扎根边疆、奉献边疆的故事得到了艺术呈现，为此后新疆少数民族题材电影体现族际交往内容的区域表达提供了艺术经验。

对应"十七年"时期中国少数民族电影创作的阶级特点,此时的新疆少数民族电影创作,也以其民族特色突出的故事叙述、性格鲜明的人物塑造、主题突出的时代表达、风情浓郁的地域风光,展现出"十七年"时期民族差异与文化差异外,也在银幕上呈现了新疆各民族对阶级差异的认同。也如著名学者饶曙光先生在《中国少数民族电影史》一书中所指出的,新中国成立以来,包括"十七年"时期的少数民族题材电影,其功能的"话语本质是意识形态工具,通过各民族的共同历史的故事化表达,阐释了各民族的关系(主要是汉族与少数民族的关系),诠释了中国共产党的民族理论与政策,完成了各民族人民,尤其是少数民族对新中国的国家认同。从这个意义上说,新中国少数民族题材电影实际上参与了民族国家的建构"。①

本篇中,编者精心选择体现这一时期新疆少数民族题材电影创作的较高艺术成就的四部影片进行分析,推介给各位读者,以期为读者勾勒出一幅新疆少数民族题材电影银幕初探的缩略图。

---

① 饶曙光:《中国少数民族电影史》,中国电影出版社,2011年,第164页。

一曲哈萨克族草原的恋歌
——《哈森与加米拉》

编剧：王玉胡　布哈拉
导演：吴永刚
副导演：王力　布哈拉
主演：哈部莱　范丽达　吐拉尔　阿吾贝克　泽根　库利羌　郝斯力汗
　　　巴牙洪
出品：上海电影制片厂
年份：1955

故事梗概：

故事发生在解放前后的新疆哈萨克族地区,哈萨克族男青年哈森与姑娘加米拉彼此深深相爱,然而大牧主居奴斯家的少爷帕的夏伯克也看上了美丽的加米拉。在一次部落集会"姑娘追"的活动中,帕的夏伯克向加米拉表白,遭到拒绝。他心犹未甘,派家人上门说亲,加米拉贪财的父亲答应了这门婚事。出嫁当晚,在富有正义感的牧民色力克和库兰的帮助下,哈森与加米拉逃离部落,躲进一个山洞,过起了钻木取火、打猎捕食的生活。次年春天,加米拉生下一子。国民党为了控制大牧主居奴斯以巩固反动统治,派兵搜出了哈森与加米拉,并残害了他们刚刚满月的孩子。后来,监牢中的哈森与难友发起暴动并逃出监狱,遇到了参与民族联军的色力克,并一起加入中国人民解放军和平解放新疆的革命运动。革命胜利后,哈森随大军回到部落,救出加米拉,二人从此过上了幸福的生活。

《哈森与加米拉》是第一部反映新疆哈萨克族生活题材的电影,由作家王玉胡的小说《阿合买提和巴格雅》改编。它讲述了哈萨克族青年男女曲折的爱情故事,反映了"三区"革命时期底层哈萨克族牧民不堪忍受反动派统治,起义革命,勇于追求新生活的新疆社会真实场景。

这部影片的导演吴永刚在中国电影史上占据着十分重要的位置。他于1934年导演的处女作《神女》被誉为"中国无声电影的扛鼎之作",其作品因朴素含蓄、清新洗练的现实主义风格为人称道。为摄制《哈森与加米拉》,吴永刚用了两年时间深入新疆哈萨克族部落实地采风。影片的摄影师许琦先生曾任中国电影家协会理事、中国电影摄影学会名誉会长。他在摄影上强调场景的现实感和生活感,追求一种真实、自然、含蓄的影调效果。

正是基于以上的条件,诗意化的叙事风格、性格鲜明的人物塑造、浓郁的民族风情才淋漓尽致地在这部影片中得到展现。

该片曾荣获中国文化部1949年—1955年全国优秀电影故事片三等奖,

第一届全国少数民族题材电影艺术"骏马奖"。

诗意化的叙事风格

这部影片以哈森与加米拉两人恋情的发展为叙事线索,展现了哈萨克族青年男女哈森与加米拉美好相恋、被迫分离、共同逃亡、相聚重逢的曲折爱情历程。导演吴永刚在这部影片中延续了"文人电影"的表现方式,画面简约、寥寥数笔,即勾勒出一幅清新俊逸、韵味无穷的草原生活场景,真实自然、了无痕迹,体现了中国书画的美学特征。影片的画面构图很少运用近景及特写镜头,镜头运动上很少运用推、拉、摇、移的手法,而多是采取固定机位,静的画框内承载了千万景致之动,留给观众极大的想象空间。此外,哈萨克族草原上流传的诗歌以及人物间诗意化的台词对白,也使得影片充满了诗情画意。

高声吆喝着挤奶的马群

手里的柳枝细软又鲜嫩

白手巾绣着你美丽的容貌

姑娘啊,你的丝线拴住了我的心

在额尔齐斯河对岸看见了你

快把耳环做成船把我载过去

假如你不高兴,你不情愿

你就是天上的仙女,不再理你

伴随着草原情歌悠扬的旋律,初升的太阳缓缓跃出地平线,男主人公哈森拿起马杆,骑上马,赶着马群缓缓走向山下的草场。马群在山坡上扬起了一阵尘土,哈森微微扬起头,唱起悠扬的情歌,唤醒了清晨的草原。毡房内的加米拉听到歌声后走了出来,驻足聆听这远处传来的歌声,心生欢喜。电影一开始就勾勒出一幅静谧、安然、充满爱意的草原清晨画卷,展现出草原上的哈萨克族牧民每天的生活环境与生活状态,婉转地表达了这对哈萨克族青年男女间相互吸引的情愫。

为让牧主居奴斯的马在第二天赛马会上取胜,哈森来到河边遛马。此时一枚石子坠入河中溅起水花,身后山坡上响起加米拉欢快的笑声。哈森转过身去,追上心爱的姑娘。加米拉含羞逃走,任凭那牛奶桶滚下山坡,河水倒映出两人正在窃窃私语的身影。过路的哈萨克族长者看透了两人的心思,仿佛也从他们的身上看到了自己年轻时的影子,于是用冬不拉即兴弹唱情歌一首,为他们送上祝福。

　　世界上最宝贵的礼物就是爱情
　　爱情给年轻人带来了新的生命
　　爱情的路上有险峻的悬崖峭壁
　　有坚强的意志就能跨过这高山峻岭

然而,谁也未曾料到,加米拉的美貌引起了大牧主居奴斯家的少爷帕的夏伯克的觊觎,尽管在"姑娘追"中加米拉用马鞭将帕的夏伯克狠狠抽下马,但她嫌贫爱富的父亲却为了45匹牲畜狠心将她嫁入帕的夏伯克家。出嫁当晚,一位大牧主家的奴仆虚伪地唱着赞美诗,歌词却使他丑恶的嘴脸昭然若揭。当加米拉的面纱被揭开时,只见她神情决绝,泪流满面,悲愤的面部表情

与欢快的婚礼歌声形成强烈的反差,声画对比镜头的剪辑,使得本该欢快幸福的婚礼场景变成对大牧主霸权的个体控诉。

  我要打开新娘的面纱

  不是我故意把新娘夸

  等你们看见她美丽的容貌

  就知道我不是空口说白话

  新娘新娘,你也不要害羞

  在座的都是亲戚朋友

  上面坐的是有名望的居奴斯巴依

  向你公公一鞠躬

  唔,看新娘的快走过来

  看新娘的礼物交出来

  我要揭开新娘的面纱

  喜欢看新娘的人,到前面来

  勇敢的哈森在牧民色力克和库兰的帮助下,救出了被囚禁在牧主家的加米拉,与加米拉开始了私奔逃亡的生活。他们飞奔过茫茫的戈壁,蹚过清澈湍急的河水,穿过茂密的树林,在风雪中艰难前行,最后于一处山洞内藏身。没有火,他们就钻木取火;没有食物,他们便出去打猎,正如之前哈森所言,"为了你我什么也不怕,就是天塌了我也敢担当,哪怕乌云遮满天,总有天晴的日子,只要我们活下去,我们就会有翻身的日子"。很快,他们为了追求婚姻自由不惜私奔的故事便传遍了草原,青年男女们纷纷以他们为榜样,践行各自的爱情宣言。

我们用歌声来说心里话

  假若你们能像加米拉那样坚贞

  我们就对天盟誓

  做勇敢的哈森

  我们四个人为喜事歌唱

  哈森、加米拉成了我们的榜样

  假若你们真能像哈森那样勇敢

  我们绝对不会违背你们的誓言

  对于哈森和加米拉而言,逃亡的生活虽然清苦,但相爱的人能够一起厮守,清苦也是幸福的。次年初春,他们的孩子出生了。简易毡房前升起袅袅的炊烟,马儿依旧在悠闲地吃草,哈森在一边吹起动人的乐曲,加米拉轻声哄着孩子入睡。他们为孩子取名"玛合拜特"(哈萨克语"爱情"之意),象征着他们的爱情。满月礼之日,虽然没有亲友来做客,却有鸟儿和鹰儿为孩子带来祝福,相较于大牧主家那场不情愿的婚礼上虚伪的赞歌,动物的"祝福"却显得更具人情味。

  然而,国民党的追捕却没有停止,二人短暂、宁静而幸福的生活最终被打破。被捕时,加米拉痛苦地呼唤丈夫和孩子的名字,孩子被摔在地上无助地啼哭,每一声都沉重地敲击着观众的心。哈森与加米拉被关进了牢房,丧子之痛时时折磨着他们。当中国人民解放军终于和平解放了新疆、回到部落后,他们首先手刃了杀害孩子的凶手。"打得好,给玛合拜特报仇了,加米拉,我的英雄。"尽管加米拉对哈森替子报仇的行为大加赞美,但失子之痛仍使她趴在丈夫的肩上痛哭失声。影片最后,仰拍镜头下,哈森张开手臂告诉加米拉"别想过去了,要看看前面,幸福的日子到了"。

  从某种程度来说,影片这种含蓄蕴藉的诗意表达,在使剧作保持必要张力、推动叙事顺利完成的基础上,消解了影片故事的戏剧性,避免了过分的戏剧冲突。纵观整部影片,我们发现,影片中除了加米拉出嫁、孩子遇害和手刃仇人这几个情节点戏剧矛盾较为突出外,基本保持了平和、舒缓的诗意化叙事风格。"在《哈森与加米拉》的剧本中,写的有:加米拉被帕的夏伯克抢去后,准备上吊,幸被库兰撞见;哈森与加米拉逃走以后,居奴斯巴依派人到加米拉家里闹事;哈森与加米拉被捉,在押送回部落的途中,加米拉巧施'美人计'成功脱险;囚犯帮军官推陷在泥坑里的汽车,并趁机盗取一把钢锉,用来打开镣铐,等等这些情节都很容易制造紧张的空气,特别能吸引人,如果再适当地加以烘托和渲染,就会相当出戏。可是它们都没有在最终的影片里出现"①,影片中很多本能产生"波折"的地方,基本都被诗意化地平静处理,体现出一种消对抗、求互补的相得益彰的中和之美。

另一方面,这种诗意化的叙事也彰显出整部影片真切的人文关怀。影片侧面展现出解放前后哈萨克族牧区普通民众的生存状态,肯定了加森与哈米拉大胆要求个性解放和追求婚恋自由的诉求,对他们爱情道路上所遭遇的不幸始终抱以同情的态度,观众可以从电影中通过体味哈森与加米拉初相恋时的情意绵绵、被迫分离后的悲愤交加、孩子受害时的悲痛欲绝从而产生共鸣。

典型化的人物形象塑造

从角色设计来看,影片在人物塑造上颇费功力,主要人物个性鲜明、有血有肉,如追求个性解放与婚恋自由的哈森与加米拉,淳朴善良、乐于助人的牧民色力克与库兰,蛮横霸道却又软弱无能的大牧主居奴斯与其儿子帕的夏伯克,阴险狡诈、卑鄙无耻的国民党团长等等。影片遵循了塑造典型环境中的典型人物的现实主义原则,每个人物都是当时社会真实写照的影像投射。

具体而言,先看哈森与加米拉,彼时彼地,他们无疑是新疆新一代少数民族杰出青年的代表。哈森是一个一无所有、靠替牧主老爷放牧生活的哈萨克族青年,但贫穷并没有让他感到自卑和颓丧,当遇到心爱的姑娘加米拉时,他会勇敢地追求,每天清晨唱歌向她诉说情意;在加米拉被牧主少爷调戏的时

---

① 刘宇清、宋泽双:《绘影与叙事:气韵生动和为美——吴永刚导演风格浅谈》,载《电影新作》,2011年第5期。

候,他挺身而出,保护加米拉;而当爱情受挫的时候,他向爱人勇敢表白"为了你我什么都不怕,就是天塌了我也敢担当";当加米拉被迫嫁给牧主少爷时,他勇敢地带着加米拉私奔;当两人被国民党抓回时,他能凭借智慧反败为胜;在远离人烟的山洞生活时,他钻木取火,打猎为食,带着加米拉坚强地生活了下去;被关在牢房时,他积极策划,与难友暴动起义,反对压迫。可以说,面对波折起伏的命运,哈森总能力挽狂澜,他是以一个积极向上、勤劳智慧、勇敢正义的完美形象而被塑造存在于影片之中的。

  与哈森相对应的是,加米拉是一个反对传统、追求解放与自由的新疆少数民族新女性形象,就此而言,她与她的母亲形成了较为鲜明的对比。当她的父亲因贪图利益,要将她卖给牧主老爷的时候,她的母亲十分反对,但最终还是屈从于权势,一边流着泪喊着我的"马驹子"、"命根子",一边毫无办法地眼看着自己的丈夫将加米拉送入牧主家。与母亲不同的是,加米拉能够彻底挣脱哈萨克族大家长制对她的控制,进行积极的反抗。当哈森提到加米拉父亲贪图牲畜,恐怕不会把她嫁给自己的时候,加米拉坚定地说道"谁也不能拿我去换牲口";加米拉出嫁当晚,当牧主少爷欲对她无礼时,她先给了牧主少爷一巴掌,而后搬起身边的箱子进行顽强的抵抗,以致牧主少爷无法近身而命令下人将她绑起来;在逃亡过程中,加米拉遭遇了许多的苦难,即使孩子被害,她也没有向国民党屈服,最后她终于手刃仇人,获得了幸福。从这个女性角色身上,我们看到新疆新一代少数民族女性主动追求个体幸福、反抗霸权、永不屈服的精神力量。

  再看色力克和库兰,他二人则是新疆善良淳朴的哈萨克族牧民的真实人物写照。色力克和库兰都是穷苦的牧民,靠替牧主干活而生存,属于底层弱势民众,但当身边的朋友遇到困难的时候,他们却总能挺身而出,给予帮助。在哈森父子被驱逐出牧主家的时候,色力克拿出自己的皮靴送给哈森,并建议他们去别的牧主家谋求生存;当哈森要与加米拉私奔的时候,色力克和库兰冒着被解雇的危险,里应外合,骗走看守,帮助他们逃走;后来色力克加入解放军,表现出色,在新疆和平解放后,他回到部落,与心爱的姑娘库兰得以相聚。从这两个人物的身上,我们看到广大朴实善良的哈萨克族牧民积极乐观、纯真向善的美好品德。

就影片的反面角色塑造而言,居奴斯牧主和帕的夏伯克是封建牧主的代表,他们的性格具有两面性:在有权势时盛气凌人,随意欺压当地牧民;当中国人民解放军要解放新疆的时候,又显得毫无主见。他们对待平民傲慢无礼,随意呵斥,并不停地压榨他们。帕的夏伯克为得到加米拉,赶走了忠心干活多年的哈森父子;在派人去加米拉家说亲的时候,他们以加米拉家与牧主家结亲乃荣耀为由,不停地压低牲畜数量;在哈森与加米拉私奔时,牧主居奴斯则非常气愤,多次愤恨地表示非抓到加米拉不可。然而在影片最后,当国民党团长最终找到居奴斯,希望他同自己一起退避深山的时候,他却垂头丧气,再无平日趾高气昂的神情,说着"这叫我怎么办呢"、"那我有什么办法",最终颓然坐地,听天由命。从这两个人物身上,我们看到解放前的新疆哈萨克族权贵阶层仗势欺人却又软弱无能的矛盾性格。

比较而言,影片中塑造的国民党团长则是一个完完全全的反派角色。他诡计多端,城府极深。为了在新疆站住脚,他不惜采用"以民族对付民族的计策",利用居奴斯的权势,巩固自己的地位。他还给予达代小恩小惠,利诱他成为自己的爪牙。在最后劝居奴斯退避深山时,他毫无根据地诋毁和诽谤解放军,可谓无耻至极。

值得一提的是,影片还巧妙地运用镜头语言多角度塑造人物形象。影片中,正面人物仰拍的情况比较多,而反面人物的拍摄普遍比较平面。如哈森是以斜角仰拍镜头出场,一出场就彰显出他是正派的一方。而牧主少爷帕的夏伯克,则是观众先听到了他阴险的大笑后,以一个向左横移的镜头引出他的出场,使观众未见其人,便闻其声,知道此人绝非善类。再如国民党团长出场时,他背后的阴影很重,因而使观众对他形成阴险狡诈性格的直观印象。

此外,影片中一些小角色的塑造也很成功,如加米拉那位嫌贫爱富、唯利是图、在大牧主面前唯唯诺诺的父亲;本躺在床上衣冠不整,在接到团长要求枪毙牢犯的电话后立刻站得笔直、连说"是,是,是",奴性十足的国民党士兵。

影片只通过一两句话,或一两个角色动作,就将这些无足轻重的小人物的性格生动形象地刻画了出来。

毫无疑问,影片的主题表达离不开对这些人物的用心刻画。正反两派政治阵营、阶级阵营里人物角色二元对立的塑造手法,使得善恶被严格区分,以广大穷苦牧民为代表的正派阵营人物多善良、智慧、勇敢,而以国民党、大牧主为代表的反派阵营人物则多显得卑鄙、愚蠢、怯懦,两个阵营人物性格的正邪设定有利于表现阶级矛盾激化的情节。影片同时也讴歌了广大穷苦牧民热爱家乡、勇于反抗封建牧主与国民党欺压的崇高精神品质与人性光辉。

地域风景与民俗风情的真实呈现

作为一部边疆少数民族题材的爱情片,影片真实地呈现了边疆神奇瑰丽、千变万化的地域风景以及哈萨克族独特的民俗风情,体现出哈萨克族普通牧民勤劳、朴实、热情的民族性格。

首先,影片主要拍摄场景均在哈萨克族聚居的伊犁河谷地区,尊重了哈萨克民族生活的本真性。新疆水草丰美的草场、成群的牛羊、威风凛凛骑马驰骋于草原的哈萨克族牧民、错落分布在草原上的白色毡房,在影片中均一览无遗。而在哈森与加米拉逃亡的路上,巍峨雄壮的崇山峻岭、郁郁葱葱的树林、冬日的漫天大雪都体现出了新疆壮美迷人的地域特征。

其次,哈萨克族丰富多彩的民俗文化在影片中也得到了充分的体现。影片开始,就呈现出普通哈萨克族牧民一天之初的生活状态,哈森早起赶着牲畜放牧,而头梳发辫、耳戴吊坠、身着长裙和坎肩的加米拉和她的母亲则在毡房中忙家务。从哈萨克族妇女着装打扮来看,加米拉的母亲戴着头巾,表示她已经结婚,而加米拉戴着有鹰羽的帽子,表示她尚未出嫁,影片中将哈萨克族民俗服饰细节表现得细致入微。

再如,影片中还有一系列细节对哈萨克族的草原文化活动进行了细致的描写。不知哪家牧民办喜事,开启了草原的盛会。素日宁静的草原在这一日彩旗飘扬、牛羊欢叫、牧马嘶鸣,前来参加盛会的牧民们相互热情地打着招呼。"赛马"、"叼羊"、"姑娘追"等哈萨克族民间体育活动相继开始。众所周知,哈萨克族人十分重视"赛马",大多提前公布比赛的时间和地点,参赛的马会提前选好、训练好,因此在影片中,比赛之前,居奴斯听闻马叫,大声训斥哈森耳聋,并让他去河边遛马,威胁他如果"赛马"得不了第一,就不必干了。伴随着欢快的音乐,"赛马"开始了,哈萨克族青年们纷纷骑马向远方奔去,两旁热情的牧民们的欢呼声不绝于耳,哈森训练的马儿毫无悬念地得了第一名。接下来是"姑娘追"的活动,主事的长辈宣布加米拉出场,让有胆识的小伙子都出来参与活动。当牧主家的少爷帕的夏伯克出场时,有人调笑道,"他是个独生子,你鞭下留情呐",大家哄然大笑,场面欢快热闹。两人骑马并辔奔向指定地点。途中帕的夏伯克不断调戏加米拉,加米拉虽感到厌恶却始终隐忍,一路上沉默不语。当到达指定地点的时候,"姑娘追"开始了,帕的夏伯克纵马疾驰,而加米拉则在后面紧追不舍,待追上帕的夏伯克后,加米拉就用马鞭狠狠抽打他,以报复他此前对她的调戏,甚至在快到终点的时候用马鞭将他打下马,引起众人大笑,这一幕戏的编排可谓精彩。

哈萨克族的婚庆礼仪也十分庄重。结婚包括"说亲、定亲、送彩礼、出嫁"四大仪式,彩礼齐全,仪式隆重,这在影片中也有体现。当牧主少爷帕的夏伯克看上加米拉后,他的家人就来到加米拉家说亲。按照哈萨克族的习俗,"闺女是父母的财产,结亲完全由父母做主,并要讲牲价"。因此经过商议,两家以45匹牲畜定下这门亲事。正式的出嫁仪式上举行"飞拜火"仪式也是符合哈萨克族的婚俗的,有人将奶油倒在炭火上,伸出手在火焰上烤烤,在自己脸上虚擦几下,再伸进新娘加米拉的面纱里,在她脸上擦几下。这一系列的仪式动作,象征这对新人今后的生活像火上浇油一样越过越旺。

哈萨克族人即兴弹唱的才华在影片中更是得到了显豁的呈现。影片开场,当过路的长者发现正在约会的哈森与加米拉时,他用冬不拉为他们即兴弹唱一曲以示祝福;当哈森与父亲被居奴斯牧主赶走,来到另一牧主家时,这一牧主家的老者两次弹唱,对哈森与加米拉所遭到的不幸表示同情与悲愤;

当哈森与加米拉的事迹传遍草原后,青年男女们聚在毡房中集体弹唱,为他们追求自由的勇敢行为喝彩。在这里,哈萨克族人的即兴弹唱起到了古希腊戏剧中"歌队"的作用,对于引领剧情、表达观众的情绪以及预示情节发展,均起到了重要作用。

影片除了对上述哈萨克族民俗进行了影像展现,还对哈萨克族人饭后举起双手摸面做"巴塔"(祈祷)、哈萨克孩子出生40天后举行"满月礼"等习俗也进行了真实再现。在这第一部新疆哈萨克族题材影片中,哈萨克族的生产生活习俗以及民俗文化得到了全面的展示,那个时代的观众也被其浓郁的异域风景与民俗风情所深深吸引。

在中国"十七年红色电影"的主流语境中,爱情话语受到无产阶级意识形态内在的约束和限制,而《哈森与加米拉》大胆采用少数民族青年男女间的爱情故事,以男女追求爱情自由为线索建构革命叙事的另外路径,辅以异域远方诗意化的画面构图,通过比照中国传统美学含蓄隽永的特点,使得这部影片散发出别样的经典魅力。

精彩链接:

幕后故事:

1953年7月初,上海电影制片厂接受了《哈森与加米拉》的摄制任务,吴永刚会同摄制组的筹备小组再度到新疆牧区去体验生活和确定外景的拍摄地点。由于夏秋的那段时间阴雨连绵,给拍摄带来了许多困难。有时为了一个场景,由于天气无常,曾经上山十几次都没有拍成。外景的摄制一直到1954年8月底才结束,然后再回上海拍内景,直到1955年3月底才完成全部的拍摄任务,前前后后差不多用了3年的时间。投入那么多的时间拍一部片子,这在中国"十七年"电影史上是很少见的。

这部影片中的许多群众场面,都是由当地的哈萨克族男女老幼穿上自己的民族服装,带上毡房和马匹,赶着牛群羊群,前来参加拍摄的。这使影片中的很多段落和场景带有了近乎纪录片的真实质感。值得一提的是,该片全部由哈萨克族人扮演。两位主要演员哈森的扮演者阿部来是个学生,后来被选派到文工团;加米拉的扮演者范丽达,从事翻译工作。两人原来都不是演员。为此吴永刚给他们精心培训,为他们安排了"中国电影的发展情况"、"一般的电影知识"和"演技知识"的讲习。又由于他们与饰演的角色相差较大,于是又结合了他们本民族的生活知识,进行各种表演的实习。影片在当时全部是用哈萨克族语言来拍摄,这更加强化了它的真实感。这种用少数民族的人来饰演角色,而且用他们自己的语言来拍摄的做法,甚至到了新时期,有的少数民族题材电影都达不到如此高的水平。

　　影片的放映效果非常成功,在乌鲁木齐公映时,恰逢伊斯兰教的古尔邦节。各影院在公映前一天就售出了2万多张票。虽然影片只制作了47个拷贝,但在全国的放映场次却高达1万多场,观众达到620多万人次,超过了当时风靡一时的印度电影《流浪者》。

　　——摘自李二任《吴永刚和他的爱情主题》,载《中国民族》2012年第Z1期

两代人的奉献之歌
——《两代人》

编剧：洪流　热合木·哈斯木夫　任莫
导演：陈岗　欧凡
主演：姜淑英　买买提·西日普　曾镇生　热汗　高岩　托乎提·艾则孜
出品：天山电影制片厂
年份：1960

故事梗概：

孟英在回新疆任职的路上，路过残破的碉楼，想起了18年前的往事。18年前，这个破败的碉楼是新疆反动派盛世才关押共产党人的监狱，孟英和她的丈夫赵彬也被关押在其中。赵彬英勇就义，留下孟英和不满周岁的孩子。敌人用孩子的性命威胁孟英。与孟英同牢的维吾尔族姑娘阿拉木汗因感激孟英救了病重的自己，将孩子交给父亲，偷偷带出牢房。18年后，孟英调回乌鲁木齐铁路局，在兰新铁路的筑路工地上担任党委书记。一座莫顶山挡住了铁路，推土机长艾力为了让铁路穿过莫顶山而不改道，就去山上探路，结果掉进了雪坑，但他找到了一条穿过莫顶山的路。众人欢喜地将爬坡任务交给艾力的时候，艾力的爷爷却出面阻止。在众人的询问下，艾力才知道自己原来是烈士的骨肉。孟英知道了艾力是自己失散的孩子后，还是坚决地将任务交给艾力执行，并且与艾力一起乘推土机到达了山顶。此时，已经成为县委书记的阿拉木汗也赶来与孟英见面，艾力激动地与孟英相认。两代人都为新疆奉献着自己的满腔热情和一切力量。

《两代人》是新疆天山电影制片厂制作的第一部故事片。黑白的画面、简单的情节、质朴的风格，或许在我们看来，它仍旧带着那个时代的痕迹——在展示激烈的政治斗争上不遗余力。但是，当我们将电影放回那个时代，便会发现，它是当时一批勤恳工作的中国人的缩影，他们执着地奉献着，没有怨言也没有后悔。

那个年代与不变的主题

在"十七年"时期，新疆拍摄的本土电影都会将独有的民俗风情与当时的政治背景结合起来，因而这批电影都具有鲜明的政治色彩和独特的地域特色。《两代人》拍摄于1960年，自然还是以展现共产党人为事业不惜奉献一生、与反动势力斗争的主题为主。

影片的主题即是歌颂为了新疆的解放与发展而奉献的两代人。孟英、赵彬等18年前的革命者，为了团结一切抗日力量来到新疆，不料被盛世才抓捕，投入监狱。在监狱中，他们为了完成党给的任务而不惜牺牲一切。18年后的新疆建设时期，一批推土机队的年轻人在铁路工地上为新疆的发展做着贡献。勇敢勤劳的艾力便是其中的代表，他从地势险恶的莫顶山上发现了一条适宜修建铁路的路线。影片中的孟英和艾力是生活在两个时代的人，孟英为党的信念而奉献，为新疆的解放无私付出；艾力为党的建设而工作，为新疆的富饶挥洒汗水。他们都为新疆的解放与发展而贡献出了自己的力量。

不仅是片中的人物有这种勤勤恳恳的精神，当年为了这部电影辛勤工作的人也是如此。天山电影制片厂的工作者在拍摄这部影片时遇到了许多困难，但是他们都凭借着自己坚韧不拔的毅力与爱岗敬业的职业精神，打造出了一部无愧于心的影片。《两代人》中对铁路工人艰苦工作的展现也是这部电影工作者的写照。在片尾，孟英与艾力乘上了修通后的火车，他俩伏在车窗前，饱含深情地眺望建设中的繁荣新疆。这不仅是对新疆两代建设者的致

意,也是电影《两代人》的主旨所在。

　　与反动势力的斗争也是那个年代电影喜好表达的主题之一。在电影《两代人》中,反动势力在不同的时代,以不同的形象出现。反动派的恶劣行为与共产党人的正义行为成了鲜明的对比,也成为电影冲突之处。18年前,新疆反动势力盛世才关押了一批共产党人,对共产党人进行威逼利诱,迫使他们承认"412"政变是共产党所为。但是共产党人抵抗住了严刑拷打与诱惑,誓死不肯承认。他们在充满重重危机的监狱内,偷偷传阅与共产党有关的报纸,在反动势力的眼皮子底下救出了孟英的儿子。他们不仅在精神上坚守自己对党的忠诚,在行为上也誓死与反动势力斗争到底。18年后,反动势力仍然贼心不死,而且他们的行为更加隐蔽。反动分子王东消极怠工,在背后挑拨伊林与艾力的关系,怂恿伊林搞破坏。他的行为最终在孟英与艾力的严查下暴露。

　　影片《两代人》许多情节都采用了对比的手法,以显示共产党人与反动势力的区别。狱长威逼利诱的嘴脸与赵彬刚强不屈的表情,以及后来去危险重重的莫顶山找路的艾力与坐在桌子前消磨时间的王东,都形成了极其鲜明的对比。这也凸显了影片与反动势力作斗争的主题,在共产党和各民族的团结下,反动派的阴谋是无法得逞的。

　　爱情也是那个时代的电影偏好表达的主题之一。但是《两代人》并没有将爱情作为重点刻画的内容,爱情没能成为一条独立的线索,串联起整个故事,但它的存在还是为电影增色不少。那个时代所描绘与向往的爱情与如今电影表达的内容不同。如今的电影更多地关注爱情双方的内心情感,以一种抒情的方式来展示人对爱情的认知。但是那个时代的人们对爱情有着不同的理解,很多影片是将爱情放在更宏大的时代背景之下进行观照的。主人公的爱情经历与国家命运有着千丝万缕的联系,他们在恋爱中的行为也与消灭反动势力的任务分不开。电影中的两对恋人都是如此。孟英与赵彬,他们相爱于18年前,当时正值抗日战争时期。他们为完成党的任务来到新疆,又因盛世才的抓捕而生死分离。他们是爱人,更是革命同志。赵彬被行刑前向狱中的同志们高喊道:"同志们,朋友们,斗争到底吧!"影片所表现的男女之爱都是以民族大义、党的任务为前提的,而产生于民族危难时刻的爱情就注定了它的悲壮。若说孟英与赵彬能算牢狱伉俪的话,那么艾力与爱米莎只能算是年轻的悸动。电影并没有用太多情节来描绘艾力与爱米莎之间的爱情,我们只能从一些镜头中感受到这种情谊。

民族团结一直是新疆电影致力于探讨与表现的话题。作为第一部故事片,它不可避免地涉及这个主题。在电影《两代人》中,孟英与阿拉木汗两人因在监狱中共同反抗反动势力而结下深厚的友情。维吾尔族大爷将汉族革命者的遗孤带出监狱后,尽心尽力地抚养他长大。汉族与维吾尔族之间的情谊是建立在共同革命之上的,正如电影中所表达的团结一切可以团结的力量,并肩抗日,共同对抗反动势力。而这种革命友情也延续到了现在。汉族与维吾尔族同胞,依旧携手同心,维护新疆来之不易的繁荣与稳定。

电影《两代人》旨在歌颂那个年代一批为新疆解放与建设辛勤奉献的人们,它用简单纯朴的方式展现了老一辈共产党人的不屈斗争与新一代年轻人拼搏进取的精神。如今再看反映那个时代生活的电影,依旧不难找到这些主题的影子:意志坚定的共产党人与凶残冷酷的敌人,深厚的革命友谊与荡气回肠的爱情。也许我们只有将电影放回那个年代,才能清楚它的主题给予了那时的人们多少正能量。

那个年代与简洁的叙事

作为天山电影制片厂成立初期拍摄的第一部故事片,《两代人》的叙事简洁清晰。电影情节以孟英与失散的儿子艾力之间的故事及建设者们如何攻克了危险重重的莫顶山并且修建了铁路的经历为两条线索展开,其中又穿插了孟英与赵彬、艾力与爱米莎的爱情故事。

影片采用插叙的手法,以孟英自己之口讲述了她的故事。影片开头,孟英在去铁路工地的途中称赞新疆的变化,有种故人归来的意味,给后文埋下伏笔。途经一个破败的碉楼时,孟英难掩内心的激动,向推土机手艾力说起了一段往事。原来18年前孟英和丈夫为了团结更多的人共同抗日,被组织派往新疆,结果被盛世才关进了监狱。孟英怀中抱着一个不满周岁的孩子进了监狱。在狱中,孟英救了一个重病的维吾尔族姑娘阿拉木汗。在孟英的精心照料下,阿拉木汗终于康复。狱中的生活虽然艰苦,但是她们仍旧传阅与共产党有关的报纸。谁料,盛世才杀害了一批共产党员,其中就包括孟英的丈夫赵彬。赵彬被行刑前,在监狱前与孟英话别,给他们未长大的孩子留下了一件毛衣。在丈夫英勇就义之后,狱长又以孩子的性命威胁孟英。阿拉木汗利用父亲进监狱探视的时机,托父亲将孩子偷偷带了出去。从此孟英母子分别,音讯隔绝。孟英的回忆至此戛然而止,她遥望着远方,思念着与她分离了18年的孩子。影片在片头插叙18年前的故事,又不交代故事的结尾,不仅埋下了伏笔,也激起了观众的好奇心。

主人公孟英这段回忆的旁白,不仅交代了关键的背景,而且突出了故事的重点。孟英在讲述的过程中几次犹豫不决,欲言又止,其哀伤神情,令观众既十分同情孟英的遭遇,又不禁感叹旧社会的不公与黑暗。

这条线索讲述了以孟英、赵彬为代表的一批顽强不屈的共产党人的英勇往事,充分凸显出他们的无畏精神。影片再现了18年前被反动势力破坏的新疆,以及在当时境况下饱受磨难的人民。

镜头切换到18年后,又一代年轻人在新疆的铁路工地上辛勤忙碌,这片土地上的故事还在继续。

铁路工地的工人们在修筑铁路时遇到了一个难题——铁路要穿过莫顶山的山腰。但是被大雪冰封的莫顶山危险重重,推土机根本找不到上山腰的路,众人一筹莫展。买买提队长建议绕过莫顶山,在山脚修建铁路。但是这条线路要穿过居民区,会给村子里的人带来很大负担。反动分子王东消极怠工,也趁机鼓吹改线计划。修筑铁路遭到了人与自然的双重阻力,一时间陷入了进退两难的境地。伊林借机怂恿大家罢工休息,企图搅乱人心,但是推土机手艾力却迎难而上,前往莫顶山寻找一条推土机能走的路。虽然他因为冒失而掉进了坑里,但因此找到了上莫顶山的路。可是队长在王东与伊林的挑拨下,还是决心要开除不守纪律的艾力。幸亏在孟英的教育下,队长决定采用艾力找到的这条线路,从莫顶山的山腰劈开一条路。

虽然路线已经决定,但是隐藏的反动分子为了阻挠铁路的修建,竟然利用伊林的嫉妒心理,挑拨伊林与艾力之间的关系。原来伊林也喜欢铁路工地上的"小夜莺"爱米莎,可惜爱米莎与艾力早已两情相悦。伊林在王东的影响下,做了许多影响铁路建设的事情。艾力与爱米莎上山寻路,却被伊林说成乱搞男女关系,伊林还要求队长开除艾力。修建铁路的方案终于确定之后,铁路工地举行了"劈山爬坡动员会"。在动员会上,伊林想给爱米莎的歌声配乐,结果爱米莎拒绝了伊林,选择了艾力。伊林愈发嫉妒艾力,王东趁机鼓动喝醉的伊林,让他在艾力的推土机上做手脚。所幸他的恶劣行径被发现,众人将反动分子王东与伊林逼上悬崖,最终抓获了他们。艾力与爱米莎之间的爱情与修建铁路的过程融合起来,推动了故事情节的发展。

爬坡如期进行,艾力第一个接受了爬坡的任务,但遭到了艾力的爷爷阿西木的反对。在众人迷惑不解之时,大爷缓缓说出了当年的故事。原来艾力是阿西木大爷从监狱带出的孩子,他是革命烈士的后代。阿西木大爷逃脱追捕后,与艾力相依为命,即使生活窘迫,他也尽力将艾力抚养长大。孟英这时才明白,艾力就是她的亲生儿子。但她忍住内心的激动,坚决支持艾力爬坡的行动,并且与他一起坐上推土机,开拓出一条铁路路线。在莫顶山的山顶,孟英终于与艾力相认。在影片开头时,孟英回忆中埋下的伏笔终于在此揭开。

铁路工地上的故事,以铁路如何修建为核心,讲述了新一代年轻人敢于打破经验主义,以英勇无畏、吃苦耐劳的精神,攻克了修建铁路时遇到的难题,为新疆的建设贡献出了自己的力量。从这条线索中,我们感受到了新疆建设时期的生机勃勃,也对新疆的建设者充满敬意。

我们还可以感受到,这部影片的叙述方式还没有十分成熟,许多情节都是以政策宣传作为主要出发点来组织的。而且当时的电影基本都采用风光民俗与反特、宣传民族政策结合的双层结构。矛盾冲突都来自好人与坏人之间对立的斗争。这些都反映出了那个特定时代的少数民族电影的叙述特征。但是《两代人》依旧用两代人不同的故事清晰地表达了电影的意图，体现出当时人们的诉求。

影片中两个故事发生的时间分别为 18 年前与 18 年后。孟英与阿西木大爷的回忆与铁路工地上的故事分别呈现了旧时期的新疆与新时期的新疆。两者之间的差异与变化，彰显了革命者与建设者的价值所在。每个时代都有它独特的故事，但是这两代人为了革命事业，为了新疆而奉献牺牲的信念与精神是一脉相承的。影片选择了以老一辈革命者向新一代建设者讲述当年的往事的形式，或许就是为了表现这种代代相传的精神吧！

那个年代与难忘的人们

《两代人》塑造了几位典型人物，在他们身上赋予了许多良好的品质，以此来展示当时人们振奋的精神。

主人公孟英与赵彬是抗日战争时期一群共产党人的缩影。被抓捕的共产党人在入狱前，影片给了他们一个特写。无一例外，所有人表情都是坚毅不屈的。在监狱中，他们尽最大努力与反动势力斗争。狱警要将重病的维吾尔族姑娘阿拉木汗拉出去埋了，遭到了监狱里所有人的反对。众人群情激奋，抗议这种没有人性的行为。此时孟英挺身拦住狱警，最终阿拉木汗被留了下来。孟英在狱中精心地照料阿拉木汗，终于使她的病情好转。孟英的丈夫赵彬在被行刑前依旧蔑视反动势力，坚定不与他们同流合污的决心。赵彬在被行刑前对孟英说："死并不可怕，可怕的是我们的软弱。"面对敌人的诱惑与威胁，他始终面不改容。阿拉木汗计划送出孟英的孩子，全部牢房的人都参与进来，给阿拉木汗的父亲打掩护。老一辈革命者用生命与自己的实际行动践行了他们对党的信仰。

18 年后，成为党委书记的孟英，依旧保持着老一辈革命者的优良传统。

她初来时没有摆架子,而是选择乘坐公社的推土机去铁路工地。她表扬早起干活的艾力与爱米莎,也指出他们的失误。在莫顶山修铁路遭遇困难的时候,她积极地指导工作,以群众的利益为出发点来寻找解决办法。当买买提队长对选择修建铁路的路线犹豫不定时,她批评了买买提队长的经验主义与面对困难的退缩态度。她与群众的关系密切,始终以群众利益为出发点,聪明大胆地解决所面临的问题。《两代人》中塑造的孟英面对敌人时坚毅刚强,面对群众亲切和蔼,面对问题冷静思考,是那个年代女性共产党员的代表。

以艾力为代表的新一代年轻人则是新时期新疆建设者的缩影。艾力是社里年轻的推土机手,他和铁路工地上许多普通的年轻人一起辛勤地工作。伊林听到队长琢磨要改线的事情,当即泄气,怂恿大家集体停工。而艾力依旧在工地上努力工作。众人面对莫顶山都束手无策,艾力却独自上山寻路。虽然他有些莽撞,但是他所具有的进取精神还是值得称赞的。铁路的修建也与当时人们的支持分不开。影片中,人们都贡献出了自己的力量。他们装了满车的物资,打着横幅去慰问铁路工人,以极大的热情来支援铁路的建设。

在《两代人》中,并不是所有的人物都可圈可点。可以看出,为了表达电影的主题,影片中的人物被分为了鲜明的两派:好人与坏人。而且好人与坏人都十分脸谱化,好人仅仅表现其好的一面,坏人一出场即是坏人。影片在塑造孟英等共产党人时,耗费许多镜头,但反动势力似乎成了一种符号、一个代号,像悬挂在舞台上贴着标签的稻草人,只要挥舞着旗号就可以被打倒。而且影片塑造人物的手法还比较单一,基本依靠角色的对白和行为。由于主题的限制,人物性格的多样性和内心的复杂性都没有呈现。即使是作为主人公的年轻艾力,电影也没有给予他成长的变化轨迹。影片一开始所出现的艾力与结尾所出现的艾力在性格上相差并不大,仿佛一开始他就是一位成功的建设者。影片也因此少了一些生机勃勃的气息。

电影《两代人》着重塑造了以孟英为代表的一代革命者和以艾力为代表的一代建设者,新疆的解放与建设与这两代人的辛勤努力是分不开的。影片冠以他们"英雄的两代人"的名号,是对两代人的礼赞。虽然在其余人物的塑造上有些缺憾,但放在那个时代,这一切都是可以理解的。作为天山电影制片厂的第一次尝试,《两代人》在中国少数民族电影史上还是有着比较重要的地位。

《两代人》旨在讲述两代人为新疆的解放与建设所做出的牺牲与贡献。这是天山电影制片厂的首部故事片,在故事的主题、叙述和人物塑造方面,有它的成功之处,也有缺憾之处。而如今天山电影制片厂在电影创作方面更加成熟,一批优秀的故事片获奖,不仅在国内引起了巨大的反响,也得到了国外友人的好评。新疆本土电影从无到有,从有到优,在一批新疆电影人的努力下,一直在不懈地发展,逐步走向繁荣。

精彩链接:

幕后花絮:天山电影制片厂成立初期概况

1959年本厂虽然宣告成立,但摄影棚和录音棚的基建尚未竣工,电影制片设备尚未配套成功。而当时的大跃进形式,要求尽快生产故事片,以满足各民族群众对文化生活的需求。于是,本厂采取"边生产,边建厂,边培训"的方针,组织第一部故事片《两代人》的拍摄。没有摄影棚搭景,摄制组就利用厂内一块空地搭置了一场监狱布景,在布景上空覆盖帆布和油毡进行拍摄。如果遇到雨天或起风就暂时停拍,等雨霁风停再继续抢拍。在外景地天池拍摄冬景,条件艰苦,车辆、住房和御寒设备不足,当时,又因自然灾害,生活物资供应十分匮乏。尽管这些客观条件给拍摄工作造成不少困难,然而摄制组全体人员在导演陈岗、欧凡和制片主任李干的率领下,意气风发,团结协作,按时完成外景镜头拍摄任务。后期录音没有完备的录音棚,只得借用市内临街的一间旧屋作录音车间,在室内四壁钉上毛毡隔音。白天四周喧闹影响录音效果,就等到夜阑人静、车马绝迹时才开始录音,一鼓作气,直到黎明,保证了音响效果质量。录制音乐,本厂未设乐团,就组织新疆军区文工团乐队、话剧团乐队、歌舞团乐手和兵团文工团乐手等组成管弦乐队及合唱队录音。该片没有自来水设备,就雇毛驴车从远处拉来河水,注入高悬的水槽内,利用自然压力解决洗片机的用水。建厂初期,就在这种极为简陋而艰苦的条件下,发挥了全厂职工的智慧、才干和生产积极性,战胜重重困难,终于完成了本厂第一部故事片《两代人》。经文化部电影局审查通过,在国内外发行,受到观众的赞许,也填补了新疆电影制片事业中的一项空白。通过第一部故事片的摄制,在艺术实践中,锻炼和培养了一部分电影专业技术人员。

——《天山电影制片厂志1959—1989》,天山电影制片厂志编纂小组编辑出版。

石榴花的银幕初放
—— 《阿娜尔罕》

编剧：林艺
导演：李恩杰
主演：乌力克　热合曼　鲁非　买买提·依不拉音江　土呼提·艾则孜
出品：北京电影制片厂　天山电影制片厂
年份：1962

故事梗概：

新中国成立前夕，新疆南疆的人民依然生活在水深火热之中。维吾尔族姑娘阿娜尔罕为了偿还父亲的债务，被迫嫁给大地主乌斯曼。在结婚当晚，阿娜尔罕大胆抗婚，被乌斯曼毒打后关押起来。长工库尔班帮助阿娜尔罕逃离了地主家。恢复了自由的阿娜尔罕与库尔班一见钟情，他们在戈壁滩上举行了简陋的婚礼。但是乌斯曼依然没有放过他们。新中国成立之后，乌斯曼仍然控制着这个村子，他利用宗教势力将库尔班与阿娜尔罕定为叛教徒，结果库尔班跳水后下落不明，阿娜尔罕被买买提关在果园里。后来政府工作小组来到这个村子，阿娜尔罕终于在众人面前勇敢地说出乌斯曼恶劣的行为，但被乌斯曼糊弄过去。正在此时，库尔班回到本村担任工作队长，一对恋人终于重逢，他们并肩作战，揭穿了以大地主乌斯曼为代表的反革命分子的虚伪嘴脸，使他们得到了应有的惩罚。阿娜尔罕和库尔班经过重重波折，终于获得了幸福生活。

"阿娜尔罕"这个名字曾经在新疆可谓是家喻户晓，其中很大一部分原因就是一部红色老电影《阿娜尔罕》，许多中老年人都对这部电影记忆犹新。这部电影是"石榴之花"阿娜尔罕第一次在银幕上绽放，它将时代背景与当时平凡的人物结合起来，借助一段动人心魄的爱情故事与一位如石榴花般美丽勇敢的少女向我们讲述了那个时代的人们如何在困境中坚守着信念，渴望着光明。

波折起伏的情爱之旅

影片以阿娜尔罕与库尔班两人悲欢离合的爱情为主线，用许多人物坎坷的命运反映出南疆维吾尔族人民在新中国成立前所受的苦难。影片的情节引人入胜，阿娜尔罕与库尔班之间的爱情可谓一波三折，跌宕起伏。

影片从阿娜尔罕与乌斯曼之间的婚事说起。阿娜尔罕为了抵偿父亲欠下的债务,被迫嫁给大地主乌斯曼。但是我们从镜头里她坚毅的表情可以看出,她不会就此过完她被安排的一生。果然,在结婚当晚,她就激烈地反抗乌斯曼,寻找机会逃走。可惜,最终她还是落入了乌斯曼之手。阿娜尔罕被乌斯曼打得奄奄一息,扔在马棚里。正当人们忧心阿娜尔罕之时,长工库尔班给阿娜尔罕带来了清水,又帮助她逃出乌斯曼家。

此时,共产党人进驻新疆的消息在南疆传开。披着宗教外衣的反动分子依明卡子打算去麦加寻找神明的指示,于是与他勾结的乌斯曼就拥有了依明卡子的权限。在众人面前,他为了笼络人心,佯装解除了与阿娜尔罕的婚约,还大方地将租地分给了众人。可是回家后,他依旧本性不改,毒打了自己的妻子帕夏汗,逼问她阿娜尔罕的下落,善良的帕夏汗没有说出真相。库尔班不忍心帕夏汗被毒打,勇敢地承认了事实。乌斯曼为了笼络人心,故作大方地将他赶出了家门。阿娜尔罕终于逃脱了婚约的束缚,开始追寻自己的爱情。

村里生活富裕的买买提垂涎阿娜尔罕许久,乘此机会急忙让母亲来阿娜

尔罕家求婚,可是被阿娜尔罕的父亲拒绝了。阿娜尔罕听到这个消息后,内心焦急,半夜去寻找库尔班,向他表明自己的心意,希望库尔班能娶自己。可是库尔班认为自己没有能力使阿娜尔罕过上好日子,拒绝了阿娜尔罕。第二天,买买提与母亲带着重金厚礼来到阿娜尔罕家,意欲娶走阿娜尔罕。出人意料的是,库尔班突然出现了!买买提的美梦破灭了,只得带着聘礼离开。阿娜尔罕早已经爱上了这个身无长物的穷人库尔班,只因他有着对阿娜尔罕的爱和勤劳的双手。可是阿娜尔罕的父亲知道乌斯曼一定不甘心,便劝他俩离开这里。阿娜尔罕终于嫁给了自己爱的人,有了自己想要的婚姻。一对恋人又为了爱情踏上了远途,他们来到一望无垠的戈壁滩上,在星星月亮与红柳的见证下,举行了简陋却美好的婚礼。

随着南疆的和平解放,库尔班与怀孕的阿娜尔罕无法再在戈壁里生存下去,便回到了家乡。可是这里早已经物是人非,父亲与弟弟被乌斯曼逼迫得无法生存,只得离开这里,从此杳无音讯。乌斯曼对这对恋人依旧心怀怨恨,并且坚决要拆散阿娜尔罕与库尔班。乌斯曼以宗教礼法为由,诬陷他们二人是叛教徒。结果库尔班在被围堵的路途中跳河,下落不明。阿娜尔罕听闻这个消息之后,也失魂落魄地掉入河中。幸好路过的买买提救起了阿娜尔罕,可惜他只是为了趁机娶阿娜尔罕为妻。买买提的求婚遭到阿娜尔罕的拒绝,于是他将阿娜尔罕锁在了果园里。好不容易得来幸福的两个人又被乌斯曼活生生地拆散,他们二人的不幸令人哀伤。但是,这场爱情之旅的波折还没有结束。

减租减息工作组来到这个村子,群众激昂的声音穿过围墙,感染了果园里的阿娜尔罕。阿娜尔罕逃出果园,在批斗会上指责乌斯曼,却被乌斯曼利用宗教给蒙混过去。乌斯曼为了不暴露自己的罪恶行为,又指示买买提娶了阿娜尔罕。正巧下落不明的库尔班也回到本村担任组长,历经坎坷的恋人终于又重逢了。可是乌斯曼又从中挑唆,致使买买提的母亲认为是库尔班抢走了自己的儿媳,去工作队大闹一场。工作组想从买买提入手,调查乌斯曼,可是乌斯曼却抢先一步杀人灭口,还带领一帮人到工作组来找库尔班,说他是杀害买买提的凶手。一时间是非颠倒,乌斯曼又嚣张起来。但是关键时刻,阿娜尔罕带来证物与证人帕夏罕扭转了局面,一番义正言辞的质问之后,她终于揭露乌斯曼阴险狡诈的伪善面目。工作组又在经过群众调查后发现乌斯曼与依明卡子勾结帝国主义分子,企图奴役维吾尔族教民。乌斯曼等反革命分子终于得到了应有的惩罚,阿娜尔罕与库尔班之间坎坷曲折的爱情,也终于在此有了圆满的结局。

影片的情节编排十分紧密,而且每个情节之间都连接得十分巧妙,使得故事完整而且饱满。在跌宕有致的叙述中,观众的心情也随着影片中的故事情节与人物心理不断地来回波动,与剧中的人物产生了共鸣。

戈壁绿洲上的石榴花

电影《阿娜尔罕》中的故事发生于新疆和平解放的历史节点。在解放之前,生活在南疆的广大人民群众依旧遭受着来自地主的压迫,他们的命运掌握在地主手里,生活凄惨,维吾尔族的女性尤其如此。但是电影塑造了阿娜尔罕这个如石榴花般鲜艳的人物。阿娜尔罕不向自己的命运屈服,带着充满力量和激情的抵抗精神。她的每一个眼神、每一个动作,甚至每一句台词都充满着对正义的追求。阿娜尔罕这一抹石榴红,就是支撑着生活在黑暗里的贫民的内在精神。

阿娜尔罕与当时顺从的普通维吾尔族女子不同,面对不公平的命运,她敢于反抗,以自己的倔强与大胆换来了不一样的人生。阿娜尔罕的父亲因无力偿还大地主乌斯曼的债务,被迫要将女儿嫁给他。阿娜尔罕根本不爱乌斯曼,也无意留恋地主的财富,因此在婚礼当晚,她大胆抗婚,意图逃离这个地主家。然而大胆的行为换来的却是一顿鞭子。在路遇救命恩人库尔班之后,她芳心暗许,在夜晚敲开了库尔班的家门,向他表白自己的爱意。可是库尔班拒绝了她。这些大胆的行为虽然都没有结果,甚至给她带来了伤害,但是她始终不肯向既定的传统生活低头,她要寻找属于她自己的生活。

阿娜尔罕向往的不是金银财宝和荣华富贵,她想要的不过是一位勤劳勇敢、深爱着她的人。几番纠缠她的买买提,虽然家境殷实,但他和当时大多数男人一样,只是想要个女人,然后将她们圈养起来,使她们成为生养的工具,成为他们自己的财产。正如影片中的一幕,被锁在果园里的阿娜尔罕焦急地从门缝里张望外面工作小组的队伍,可是却只能看到正在编鸟笼的买买提。可是阿娜尔罕倔强的性格决定她不会接受这样的生活。

　　库尔班家徒四壁,只有一颗真诚的心和一双勤劳的手,可是这正是阿娜尔罕所爱的。这份纯洁的渴望在当时那个年代是多么难能可贵。在大地主乌斯曼的压迫下,他们想成婚却只能远走他乡。在一片茫茫的戈壁滩中,他们二人举行了婚礼。这场婚礼,没有见证的阿訇,没有宾客,没有宴席,只有两颗炙热的心和一份真挚的情感。只要他们心怀对方,一切窘迫在他们眼里都会化为美好,天空就是他们的新房,戈壁滩就是华丽的地毯,星星和月亮就是他们的客人,红柳沙丘就是他们的陪伴。窘迫寒酸的婚礼并没有影响他们二人结婚时欢畅的心情,他们依旧载歌载舞地唱道:"纵然苦难像重重高山,但也不能把我们的爱情阻拦;纵然苦难像重重高山,但也不能把我们的爱情阻拦。"这就是穷人之间的爱情,纵使没有华服加身、宾客纷至,他们依旧对爱执着,对未来怀抱着希望。而阿娜尔罕甘于享受这种穷人的浪漫,对她来说,这才是最珍贵的东西。也许就是这一份对人生的通透认识,才使她的形象在电影里分外可爱。

　　不论是乌斯曼的压迫,还是生活环境的艰难,阿娜尔罕始终不放弃心中的美好与善良,依旧反抗这个世界的不公正。她大胆的行为不仅改变了她的命运,也给众多受压迫的维吾尔族妇女带来了一线光明。阿娜尔罕就是戈壁绿洲上一株鲜艳又顽强的石榴花。戈壁绿洲的石榴花,无法被折下插在花瓶里供人观赏。它需要的是一份坚实的土壤与珍稀的雨露,只有戈壁绿洲才能衬托出她们与众不同的美丽,她们就是戈壁绿洲上的骄傲。

性格分明的女性群像

电影《阿娜尔罕》不仅仅塑造了具有反抗精神的阿娜尔罕,还表现了生活在那个年代的普通维吾尔族女性形象。电影用几位性格分明的女性人物展示了一组解放前深受压迫的维吾尔族女性群像。倔强的石榴花阿娜尔罕、骄纵的地主小姐比利开斯、善良又勇敢的帕夏罕、可怜的买买提母亲,她们都受到旧社会的制约,遭受着不公平的待遇。影片赋予了她们不同的性格,致使她们有了不同的结局。她们会有如此坎坷人生,究其根源,就是深受旧制度下形成的不良道德观念与封建落后的习俗的影响。

新疆解放前夕,维吾尔族妇女的命运是极其悲惨的。她们不仅受到封建思想的束缚,还受到宗教观念的制约。她们不能随意出门,一旦出门必须用面纱遮住自己的容貌。而且在婚姻上,她们都饱受落后习俗的折磨。在电影《阿娜尔罕》中,无论是贫民阿娜尔罕,还是地主家的大小姐比利开斯都无法为自己的婚姻做主,挑选自己的丈夫。阿娜尔罕因为父亲欠债,不得已嫁给了阴险的大地主乌斯曼。大地主乌斯曼的亲生女儿比利开斯不愿意嫁给肉孜,可是在父亲的强烈要求下,她只能屈从。阿娜尔罕与比利开斯不同,阿娜尔罕对这种婚姻坚决反抗,敢于打破世俗的看法去寻找自己的幸福。但是比利开斯是地主的女儿,脾气骄纵,也没有坚强的意志。她只能以坐在地上哭闹的形式来反抗不满意的婚姻。在听闻肉孜要被批斗的时候,她想与肉孜离婚,可是在父亲的大骂之下,她又退缩了。不论女性的出身地位如何,她的婚姻只能是父亲说了算。买买提的母亲向阿娜尔罕提婚时说出了当时维吾尔族女性结婚的实质:"哪有嫁女儿还问她自己的?"

阿娜尔罕与库尔班在沙漠中喜结连理之时,也是比利开斯出嫁之时。主持婚礼的人询问比利开斯是否愿意嫁给肉孜为妻,比利开斯声嘶力竭的喊道:"不愿意!我不愿意!"可是传话的人却无视比利开斯的声音,高喊道:"她说她愿意。"比利开斯的哭声被淹没在一片歌舞欢笑声中。比利开斯本是地主家的女儿,但是这种出身与地位对她的婚姻来说,或许更是一种禁锢。她不但没有自己选择婚姻的权利,而且被父亲当做利益交换的筹码,嫁给了肉孜。在那个年代,许多婚礼不过是交易女性的方式。

乌斯曼的老婆帕夏罕也是电影中受人关注的女性。她虽然有着细腻的情感与善良的秉性,但是却要忍受着丈夫的蛮不讲理。自己的丈夫要娶小老婆,虽然她内心很不愿意,但也只能默默地忍受,不敢多说一句怨言,还得挤出几句吉祥话来使乌斯曼安心。在亲眼见到阿娜尔罕被吊起来毒打时,她也为阿娜尔罕揪心,在胡大面前给阿娜尔罕祈祷,四下无人时还悄悄地给阿娜尔罕送水。库尔班放走阿娜尔罕,她并没有阻止,而是默默地守住秘密,任凭乌斯曼打骂。帕夏罕是一个温柔又善良的女人,乌斯曼的所作所为她都看在眼里,却不敢说破,遇到事情时就向胡大祈祷。面对不公平的命运,帕夏罕和许多维吾尔族的女性一样,无力也不敢去改变。她知道哭闹无用,只能寄希望于神明,希望神明能给她指一条明路,来解救她。但是最终,解救她的是她自己的勇敢和共产党人的支持。帕夏罕最终战胜了自己的软弱,将司马仪杀害买买提的真相告诉了阿娜尔罕,并且无视乌斯曼的威胁,在众人面前指证司马仪。帕夏罕之前屈服于乌斯曼的威严,不敢说实话,但是当有了共产党人给她支持,有了阿娜尔罕给她鼓励,帕夏罕最终勇敢地说出真相。帕夏罕是众多善良维吾尔族女性的代表,她们迫于丈夫与父亲的权威,不敢将自己的真实感受表达出来,只能默默地藏在心里,做一只顺从的绵羊。这种逆来顺受和隐忍使她们丧失了反抗的激情,从而在这种没有自我的生活中了此一生。值得庆幸的是,在新中国成立后,一大批妇女接受了共产党的教育,摒弃了传统的陋习,敢于表达真实的自我。

买买提的母亲是一位深受传统习惯影响的年长妇女。她相信的真实是寺院阿訇告诉她的"真实",是人云亦云的"真实"。她先被乌斯曼利用,相信是库尔班抢走了儿子买买提的妻子,还去工作队大闹了一场。后来,儿子不明不白地被杀害,她又被乌斯曼误导,去工作队找库尔班。当她坐在工作队门口大哭的时候,我相信很多人都会为她叹息。儿子是她唯一的依靠,可惜死得不明不白,想报仇却又被奸人利用。买买提的母亲是被各种规矩束缚而变得麻木的众多妇女中的一位,她们被人利用、欺骗,却不自知。买买提的母亲与买买提都是旧制度及陋习下的牺牲品。

电影《阿娜尔罕》作为一部反映妇女解放的影片,揭露了当时维吾尔族女性悲惨的生活与低下的地位。但是,在如此恶劣的境遇中,我们仍能从她们身上看到一些闪光的品格,或许这才是影片所要表达的主旨。它不仅关注妇女的命运,而且诉说旧社会人们对信念的坚守,对理想的执着。

别具风情的民俗场景

电影《阿娜尔罕》在塑造人物与讲述故事时营造了许多具有维吾尔族风情的民俗场景。这不仅向我们生动地展示了新中国成立前的南疆维吾尔族人的生活,而且带领我们走进人物,并融入他们的生活。

影片中展示了许多具有鲜明异族情调的地理风貌和自然景观。影片将优美的山川风貌、地域风光、多姿多彩的民族歌舞与曲折离奇的故事相结合,既洋溢着浓郁的民族风情,又体现出较高的审美价值。比如在电影中多次出现的戈壁与沙漠场景,阿娜尔罕与库尔班逃出村子后,在荒漠中举行了婚礼,一片沙土映衬着清凉的月光,也将他们二人的命运带向了不可预测的远方。阿娜尔罕与库尔班返回家乡的时候,也经过了一片戈壁滩。他们在荒凉的戈壁滩上讨论着解放,猜测着回乡之后的生活,他们对未来的盲目与画面中戈壁滩互相映衬。戈壁滩的场景渲染了主人公忐忑的心情,让观者感受到主人公进入一个让人感到孤独恐慌,却又不得不鼓足勇气迎头而上的两难困境之中。

歌舞是维吾尔族的文化源泉。在影片中,阿娜尔罕与库尔班多次以歌舞形式来表达内心的情感。库尔班被乌斯曼赶出之后,一路放声高歌,欢快的曲调与自由的歌词配合着库尔班轻快的步伐,凸显出库尔班离开牢笼的欢畅心情。而阿娜尔罕与库尔班在戈壁滩上结婚时的场景,更使我们感受到了歌舞在表达情感时的独特作用。阿娜尔罕伴随着库尔班的乐曲翩翩起舞,虽然仅仅是两个人的歌舞,但是我们依旧从极富感染力的欢快舞蹈中感受到了他们二人结为夫妻时的欢喜与快乐。维吾尔族歌舞的特点是画面非常饱满,我们可以从中感受到维吾尔族同胞不一样的风俗魅力。这部电影的配乐也秉承了这个传统。阿娜尔罕逃婚时的一段配乐,极大地渲染了紧张的故事情节,很好地表现了人物的内心活动。

影片还展示了众多具有民俗意味的场景。比如维吾尔族传统的结婚仪式。阿娜尔罕与库尔班回乡时路过的巴扎,熙熙攘攘的商贩与骑着毛驴来往的维吾尔族人展现了独特的地域风情。

值得一提的是,在与民族有关的艺术创作中,出现了"汉族视觉"这一奇特的现象。20世纪五六十年代电影的导演与编剧,大部分都是汉族人,许多少数民族题材的影片都是在"汉族视觉"下创作出来的。当时,许多汉族的编剧与导演都以"文艺为人民大众,首先为工农兵"的思想为指导,将各少数民族的生活与对压迫势力的斗争结合起来。这些汉族的编剧与导演或多或少会无意识地以自己民族的价值取向、思维模式去解读少数民族的生活,将少数民族变成一个想象中的"他者"。但是从另一方面来说,这种文学创作也会使少数民族对自己的风土民俗有了另一重理解,一些因司空见惯而遭到忽视的文化会因此而受到强烈的关注。某种程度上,"汉族视觉"从理论上鲜明地反映了少数民族题材文艺作品的民族性,《阿娜尔罕》这部影片正是一部由汉族编剧编写、汉族导演执导的电影,或许它对维吾尔族生活的解读带着"汉族视角",但是电影所表达的那种在困境中不懈斗争与坚守信念的精神却是具有民族性的。

电影《阿娜尔罕》讲述了阿娜尔罕与库尔班之间波折坎坷又感人至深的爱情故事。影片描绘了一组性格鲜明的女性形象,深切地反映了南疆维吾尔族人民在新中国成立前所受的苦难。电影又深入刻画了倔强不屈的少女阿娜尔罕,作为一个时代的精神,她的形象鼓舞了无数人。电影《阿娜尔罕》给人物的命运注入了比较深厚的历史背景,深化了新疆人民争取自由解放、追求美好生活、追寻光明未来的思想内涵。

精彩链接：

电视剧《阿娜尔罕》：

  1962年，电影《阿娜尔罕》在全国上映时引起了巨大的轰动，成为新疆少数民族题材影视作品的经典。当时，大街小巷几乎人人都会唱电影主题曲《婚礼之歌》。2013年，依据这部电影改编的电视剧《阿娜尔罕》又在中央电视台一套上映。它作为迎接中国共产党成立90周年的重点献礼影视作品，由新疆维吾尔自治区文化厅组织区内外优秀艺术家，并由自治区文化厅和吐鲁番地委、行署联合出品，由当红人气小花旦迪丽热巴主演。

  相较于电影版，电视剧版《阿娜尔罕》的人物塑造更饱满，剧情设置也更复杂、曲折，整体画面也更趋于真实。电影中未能展现的人物，诸如阿娜尔罕的父亲与弟弟、地主家的小姐等形象都在这里得到了扩充与丰富。《阿娜尔罕》除了展现男女主人公的爱恨情仇外，还将更多的民俗场景融入了这部电视剧，展示了独特的西域风情。比如新疆的巴扎、木卡姆套曲、高空达瓦孜等新疆特色都在电视剧中发挥了重要作用。这部新疆原创的电视剧，集合了多方面共同的努力，引起了广大观众的共鸣与反响。尤其对那些经历过解放的新疆少数民族老人来说，这部剧不仅再现了当年的历史，也勾起了他们的回忆。

天山脚下的塔吉克族红花
——《冰山上的来客》

编剧：白辛
导演：赵心水
主演：梁音　阿依夏木　阿木都力力提　谷毓英
出品：长春电影制片厂
年份：1963

冰山上的来客

故事梗概：

1951年夏天，在天山脚下，新疆匪首热力普派古丽巴尔潜入我军，想从我军得到情报。古丽丹姆和我军新来报到的年轻解放军阿米尔二人少时两小无猜，失散九年后阿米尔错把间谍古丽巴尔认成自己少时的恋人。古丽巴尔利用这段往事纠缠阿米尔从而探询我军内部情报，也引起了杨排长对假古丽丹姆的怀疑。而后又因为一场暴风雪的突然来临，假古丽丹姆偶然得知后把这个情报告诉了匪首，岗哨与敌方进行了一次枪战，敌方失败，假古丽丹姆也被特务杀害。特务头子策划一场叼羊比赛想要击败我军，杨排长将计就计，将敌人一网打尽。

《冰山上的来客》是第一部带有浓郁民族特色的反特抒情片，描绘了边疆地区军民惊险的反特斗争生活。影片从真假古丽丹姆与战士阿米尔的爱情悬念出发，讲述了边疆战士与特务假古丽丹姆和敌军斗智斗勇，最终取得胜利的故事。

影片于1961年投拍，不久因各种原因停拍，最后交给了当时还不出名的导演赵心水，赵心水接手后，专程去新疆体验生活、收集资料，对影片进行了改编，在非常艰苦的条件下完成了这部历史意义深远的影片。赵心水也因这部作品而成名，荣获了1964年长春电影制片厂"小百花奖"的最佳导演奖，影片中的歌曲《花儿为什么这样红》和《怀念战友》不仅推动了影片故事情节发展，而且在当时被广为传唱。

说一句"阿米尔，冲"，唱一句"花儿为什么这样红"，喊一声"亲爱的战友"，成为20世纪60年代年轻人的流行语，也是只有那个年代才有的浪漫。

"花儿"背后的故事

真的假不了，假的也真不了。这部反特电影，从一开头就留下了悬念。银幕上的这个女人到底是什么身份？能在枪林弹雨中保住了性命？更让人百思不得其解的是，当这个受了伤的美丽姑娘的脸出现在银幕上后，字幕表中并没有出现导演，也没有编剧，更没有作曲和摄影师的名字，这部被称为中国第一部"反特惊险抒情片"的电影背后到底有着什么秘密呢？这一切都要从这部影片的制作说起。1961年，影片开始拍摄，中途遇到许多问题而停拍，全剧组不得已返回长春电影制片厂。面对这部半途而废的影片，许多人都不敢接下这个棘手的任务，最后的接手人是当时并不出名的导演赵心水。他当时接这部电影时，只提了一个条件，就是要对剧本进行改编。在征得编剧白辛的同意之后，他带领了一批人马奔赴新疆。那时的萨里尔高原很少有人踏足，就连勘察队也没有上去过，而且那里还有真正的特务。在这样的情况下，赵心水仍旧带领电影制作人员进入了萨里尔高原，并在一个多月内完成了拍摄。

  导演与演员在拍摄这部电影时对故事情节进行了仔细斟酌。比如为了展示新疆特色，部队训练更加贴近民族风俗，以拉近与观众的距离。三班长站在马上高声呐喊的形象，一下子把他的个性彰显出来。塔吉克族的新兵阿米尔来天山脚下报到时，看到的不是正规的部队军事训练，而是一场激烈的叼羊比赛，动感十足。电影工作者们对电影情节的细腻处理值得我们称赞。

伴随着轻快的旋律,新兵阿米尔发现了新娘与花儿的关系,恰巧新娘的名字与他儿时的小伙伴同名。假古丽丹姆故意接近阿米尔,杨排长让阿米尔把这件事处理好,不能太武断,也不能纠缠不清,更不能影响了军民关系,这时的阿米尔心情十分复杂。这使得当时没有什么表演经验的演员阿木都力力提感到困惑,银幕上的他年轻阳光,汉语对答如流,可是实际上他不是很懂汉语,想要演绎这复杂的情感着实不容易。在演员们的配合下,他加强对台词的理解,最终出色地完成了表演。

影片中一班长的死和歌曲《花儿为什么这样红》是导演赵心水引以为傲的地方。据说当时这部电影播放时,看到一班长的死,观众们热泪盈眶,那首《怀念战友》歌声响起,拨动了所有观众的心。这首流传多年的主题曲,不仅很好地参与了叙事,而且很好地表达人物的心情,让人回味无穷。崔永元说过:"真的不敢想象,如果没有了这两个环节,这部电影会失去多少艺术价值。"

在荒无人烟的萨里尔高原上,在当时非常艰苦的条件之下,影片的创作团队对影片拍摄求真务实的态度,十分可贵。主演的少数民族演员虽然都不

是科班出身,他们都来自不同的岗位,而且不精通汉语,但是他们的演技征服了所有人,也让这部影片列入了史册,创造了第一部反特片的传奇。

"花儿"吟声唱

这部影片以塔吉克族青年阿米尔与古丽丹姆幼时的情谊为线索,讲述了阿米尔与古丽丹姆失散多年,后又因为古丽丹姆名字相同而认错,因一首歌而结缘、因一首歌而辨别对方、因一首歌而再次相遇的曲折爱情经历。导演赵心水很巧妙地使用了特色的歌曲与影片完美融合,冰山下的美景配上悦耳的旋律,加上一段动人的爱情故事,使得影片韵味十足,充满诗情画意。

  翻过千层岭哎
  爬过万道坡
  谁见过水晶般的冰山
  野马似的雪水河
  冰山埋藏着珍宝
  雪水灌溉着田禾
  一马平川的戈壁滩哟
  放开喉咙好唱歌

  河水向东流哎
  太阳又东升
  爬上了帕米尔的高山顶
  跷脚儿望着北京城
  瀚海接连着天边
  大山冲破了云层
  飞驰万里的白云哟
  捎封信儿到北京

冰山上的来客

  影片一开始,就展现出在一望无际的高原上,一群人马伴着轻快的旋律缓缓地行走。配乐从开始的独声转到男女和声,音乐活泼轻快。美景与歌曲完美结合,镜头里水晶般的冰山与野马似的雪水河,好像这一切是看到景色即兴的演唱一样,让人身临其境,感受着正在发生的一切。这时镜头慢慢拉进,出现了一对新婚男女,一个美丽的塔吉克族新娘,脸上表情复杂,后又立马变喜悦与新郎甜蜜对话,看着此景回忆相遇之时的情景。新娘而后感叹:"谁能想到,今日又在天山脚下落脚,这都是真主的安排。"这句话为新娘蒙上了一层神秘的面纱,复杂的表情与欢快的旋律产生对比,为影片埋下伏笔。

  万里的白云,浩瀚的天边,一马平川的戈壁滩,轻快的旋律一直飘扬在美丽的天山脚下。在河边取水的阿米尔看到此景,友好地打招呼并送上真诚的祝福。接着阿米尔与这喜庆的队伍同行,然而在得知新娘的名字叫古丽丹姆后,这使得阿米尔想起内心一直挂念的那个人,激起了他内心的波澜。

  花儿为什么这样红

  为什么这样红

  唉……红得好像

  红得好像燃烧的火

  它象征着纯洁的友谊和爱情

  花儿为什么这样鲜

  为什么这样鲜

  哎……鲜得使人

  鲜得使人不忍离去

  它是用了青春的血液来浇灌

  花儿为什么这样枯黄

  为什么这样凋零

  哎……什么人哪

  什么人哪把它摧残

  使它成了友情破灭的象征

缓缓的音乐响起,阿米尔误认为假的古丽丹姆是自己青梅竹马的儿时伙伴,看到她已成人妻,眼里流露出淡淡的忧伤,送上象征着他们童年的"花儿",自己独自黯然离开舞会,到门外回忆幼时他与古丽丹姆的时光。镜头叠化,他们失散的情景再次浮现在眼前,幼时的阿米尔满眼泪光,拿着小花,即使叫着"真主"也不能改变残酷的现实。这一对儿时的玩伴,在黑暗的年代里失散了。

《花儿为什么这样红》第一次出现,交代了阿米尔与古丽丹姆是如何结缘的。凄美的旋律,令人不禁开始心疼阿米尔,歌词里的"花儿"和现实中的"花儿"象征着二人童年纯洁的友谊和感情。儿时被迫分离,如今再次相遇却见故人成为人妻,伤心的阿米尔认为这一切都无法挽回。第二次的出现,是在排长让阿米尔唱歌辨别古丽丹姆的真假的时候。这时的歌曲成为了一个很好的工具,对故事的情节有着强有力的推动作用。第三次的出现是在片尾的时候,经历种种磨难,真的古丽丹姆站在了阿米尔面前,二人一起唱起自己儿时的歌曲,紧紧相拥,有情人终成眷属这个唯美的结局让故事变得圆满。优美凄凉的歌曲,含蓄明晰的电影叙事,使得感情的表达非常充分,取得了极好的艺术效果。

> 戈壁滩上的一股清泉
>
> 冰山上的一朵雪莲
>
> 风暴不会永远不住
>
> 啊……什么时候啊
>
> 才能看到你的笑脸

画面一转,歌声又把故事带到了萨里尔山下另一个地方。善良的卡尔用洪亮的声音对着一个带着忧愁气息的女子歌唱,用歌声与她交流,把她比喻成美丽的雪莲,表达自己浓浓的爱意。这样浪漫的形式如同歌舞剧一般,优美的歌词与情节完美结合,让我们不经意间对这个女子产生好奇:她是谁?

乌云笼罩着冰山

风暴横扫戈壁滩

欢乐被压在冰山下

啊……我的眼泪啊

能冲平了萨里尔高原

  影片用对唱的形式,让故事中人物进行交流。从歌词中就能看到,这名女子过得非常不如意,泪水仿佛就是她生活的一部分,在这样迷茫的现实生活中看不到任何希望。卡尔用疼惜的眼神看着她,用歌声一步一步地劝导女子,希望她拥有坚强的意志,克服一切的困难。仅仅几句对唱就能清晰地交代几个人物关系,也把人物的心情很好地表达出来,悦耳动听的歌声和美丽的景色仿佛是天生一对,也推动着故事情节的发展。

天山脚下是我可爱的家乡

当我离开她的时候

好像那哈密瓜断了瓜秧

白杨树下住着我心上的姑娘

当我和她分别后

好像那都塔尔闲挂在墙上

瓜秧断了哈密瓜依然香甜

琴师回来都塔尔还会再响

当我永别了战友的时候

好像那雪崩飞滚万丈

啊……亲爱的战友

我再不能看到你

雄伟的身影 和蔼的脸庞

啊……亲爱的战友

你也再不能听我弹琴

听我歌唱

《怀念战友》一响起,影片情节达到了高潮,战士们站岗被暴风雪冻伤,一班长牺牲了,杨排长又气愤又懊恼又伤心,激动地打到灯。镜头给灯一个晃来晃去的特写,表达了此时杨排长的内心世界。这个事实是谁都不愿意接受的,大家在歌声里怀念自己的战友,音乐强烈地渲染着对战友的哀悼、对战友的疼惜,大大地深化了视觉效果,增强了画面感染力,让人有种想流泪的冲动。

电影音乐是这部影片的重要部分,是影片的灵魂。作曲家雷振邦在20世纪60年代写下的这首歌曲,直到今天仍然激动人心。它歌颂了纯洁的爱情和友情,充满柔情和感伤,而出现在这样一部反特电影中,又让无数人感到惊喜,让爱情变得浪漫诗意起来。影片将爱情的主题融入天山雪河里,让爱情变得纯洁高尚,让人像赞美天山冰雪那样赞美爱情,见景抒情,诗意绵绵,使得这部带有反特惊险的影片变得浪漫起来。影片里只要跟音乐有关的人,都带有正能量,这种清澈婉转的旋律让整个影片带上了人文气息,与天山冰雪的美景相呼应,让人如痴如醉。

朵朵"花儿"十里香

先谈谈杨排长,海报上杨排长吹着笛子,表情严肃,那双浓眉下的眼睛透露着智慧的光。他足智多谋,与假古丽丹姆斗智斗勇,成功抓住了特务,还天山一片和谐。杨排长用笛声进行联络的方式本身就很有情调,一班长牺牲以后,杨排长为宣泄愤怒的情绪,跑到窗子前准备吹响笛子,却想起一班长已经离开了。一旁的二班长赶紧上前向排长请示下达命令,隐含的意思是在安慰排长,失去了一班长还有我们。这种细节处理,体现了兄弟之间的默契以及战友情。用《花儿为什么这样红》来辨别真假古丽丹姆,让阿米尔不要与假古丽丹姆彻底断绝联系,用笛声呼唤阿米尔回来,都是为后面抓特务进行铺垫。这些对事情发展全局的掌握,都大大强化了杨排长的人物性格,也为剧情的发展提供了清晰的线索。杨排长对人民关爱,对党忠诚,对兄弟有情有义,刚正不阿。

影片中最有特色的是特务女一号假古丽丹姆。影片开始时她的出现,与特务头子的眼神交流,后又出现在天山脚下,纠缠阿米尔等等,这些奇怪的行为举止,让观众们对这个神秘的女人产生了浓厚的兴趣。这个女人自称是阿米尔幼时的玩伴,以此来接近阿米尔,虽然她已成人妻却口口声声说爱着阿米尔,怪异的笑声、复杂的表情,使剧情变得复杂,让阿米尔也方寸大乱。影片中几个重要的人物都有着自己的歌声,唯独她没有,她不唱歌,也不弹琴,更没有对阿米尔唱的歌作出反应。这个神秘的女子终于在一个特写的镜头里暴露了她的身份。那天,暴风雪即将来临,那乌努孜让假古丽丹姆把这个天气状况告诉杨排长,并告诉她那里有兵哨,之后镜头就给了一个特写,一个女人的手,带着首饰在发着电报。可以肯定的是这个消息并没有很及时地让杨排长知道,到这里估计观众应该明白,其实这个神秘的女人就是特务,她之前所有奇怪的行为都是因为要刺探情报向特务头子汇报。这个假古丽丹姆犹如野玫瑰一般,美丽的外表下带着邪恶的使命,用外表掩饰自己。

塔吉克族青年阿米尔,一个纯真的新兵,有一段非常凄美的童年故事,失散多年的玩伴古丽丹姆,让他一直记在心中。"花儿"与古丽丹姆的联系,再次唤起了他儿时的回忆,连真主都帮不上他,挽回不了古丽丹姆。当他再次唱起这首歌时,找回了真的古丽丹姆,一句"阿米尔,冲"让二人相拥在一起,二人唱歌时的表情有着舞台剧的风格,让人振奋。有情人终成眷属,因"花儿"结缘,因"花儿"再次相遇,这段爱情就如萨里尔的冰峰一样纯洁。这位年轻的战士在冰天雪地里与一班长站着如同雕塑一般时,音乐骤起,这镜头强烈地打动了无数观众的心,雪山随着杨排长的声响倒塌,悲壮的音乐《怀念战友》响起。阿米尔如同冰山上的雪莲,拥有纯洁的心灵,痴情的爱恋。

不得不提到本片中的另一个重要人物卡拉。卡拉的扮演者是王春英,他本是担任剧中阿米尔的角色,但是由于他本人认为不合适,不能很好地演绎这个角色,所以他演了卡拉。配上《冰山上的雪莲》,弹着琴,看上去更像一个地道的塔吉克人。即使在今天,大多数人也能深刻地记得这个角色,他出场时浑身散发着阳光气息,满脸的笑容仿佛能把冰山的雪融化,这么温暖的角色遇到了真的古丽丹姆,上演了英雄救美的一幕,也带来了非常重要的情报,协助了杨排长抓到了特务。然而他在送真古丽丹姆去哨所的途中,被伪装成老奴仆的特务阿米巴依从背后打了一枪(音乐骤响)。这一枪预示了当时的斗争形式极其复杂,明枪易躲、暗箭难防。卡拉如同向日葵,有他的地方都洋溢着光彩,充满着正能量。

《冰山上的来客》播放至今,人们还会记得里面的那个傻小子阿米尔、会吹笛子的杨排长,以及让人温暖的卡尔,导演在这些人物形象塑造中下了很大的功夫,给观众留下了深刻的印象。所以不得不佩服导演,他不仅完成了一部好的民族题材的电影,也成就了一部经典,为以后的谍战片作了很好的示范。

精彩链接:

《怀念战友》歌词

  这首歌是影片《冰山上的来客》在怀念死去的战友时播放的,旋律平缓,歌词句句朴实纯真,表达了对战友的不舍之情。

  天山脚下是我可爱的故乡

  当我离开它的时候

  就像那哈密瓜断了瓜秧

  白杨树下住着我心上的姑娘

  当我和她分别后

  就像那都达尔闲挂在墙上

  瓜秧断了哈密瓜依然香甜

  琴师回来都达尔还会再响

  当我永别了战友的时候

  好像那雪崩飞滚万丈

  啊亲爱的战友

  我再不能看到你雄伟的身影和和蔼的脸庞

啊亲爱的战友

你也再不能听我弹琴听我歌唱天

山脚下是我可爱的故乡

当我离开它的时候

就像那哈密瓜断了瓜秧

白杨树下住着我心上的姑娘

当我和她分别后

就像那都达尔闲挂在墙上

瓜秧断了哈密瓜依然香甜

琴师回来都达尔还会再响

当我永别了战友的时候

好像那雪崩飞滚万丈

啊亲爱的战友

我再不能看到你雄伟的身影和和蔼的脸庞

啊亲爱的战友

你也再不能听我弹琴听我歌唱

第二篇　民族人物的影像塑造
（1979～1999）

　　从1979年开始，新疆的电影艺术创作，拥有了丰厚的生活积累、成熟的人才培养模式以及更饱满的创作热情，与全国电影创作步调一致地进入了影像表达的全新时期，新疆的少数民族题材电影也出现了一派蓬勃发展的景象。1979年1月，新疆电影制片厂恢复建制和故事片生产，并于10月24日更名为"天山电影制片厂"。自此，相对沉寂的新疆电影事业逐渐走出低谷，开始了以天山电影制片厂为创作中心的影视生产的复兴之路。与此同时，以广春兰为代表的新疆少数民族电影人才的崛起，在引发少数民族影像文化自觉的同时，也为此一阶段少数民族人物形象的影像塑造注入了新的活力。

　　从20世纪70年代末到90年代初，新疆电影屡出佳绩：1979年，《向导》获文化部优秀影片奖；1983年，《不当演员的姑娘》获文化部优秀影片荣誉奖和伊斯坦布尔国际电影节优秀影片奖；1988年，《买买提外传》获广电部优秀影片奖和中国电影金鸡奖影片特别奖。此外，《美人之死》、《买买提外传》、《不当演员的姑娘》、《幸福之歌》、《热娜的婚事》、《艾里甫与赛乃姆》、《阿凡提》、《阿曼尼萨罕》等一系列优秀的电影，为此时的新疆电影塑造了一个个生动传奇的少数民族电影人物形象。这些人物形象或来自少数民族民间传说，或取材自少数民族真实的生活经验的人物，以其传奇的经历、动人的事迹与鲜明的性格特征，给人留下了深刻的印象。毋庸置疑的是，这些新疆本土电影无不以新的视角、新的语言展示新疆少数民族的历史和文化，表现出改革开放以后新疆少数民族的新生活、新人物、新风貌，形成了中国电影评论人所说的引人瞩目的"天山现象"。

20世纪90年代的新疆电影,处于80年代创作高潮和21世纪变革的过渡探索时期,在电影作品的政治属性、经济属性、文化属性与产业属性的"调和"之中,转而探索民族题材与主旋律表达的文化共振。比之改革开放初期,20世纪90年代以后,随着市场化的冲击,新疆少数民族电影如何定位与创新,似乎成为困扰新疆电影人创作的核心问题,甚而在今后相当长的一段时期,造成了新疆电影创作迷茫、困惑乃至尴尬的生存困境。随着现代化与全球化文化语境的到来,新疆电影人普遍感到民族文化资源虽然仍然可以为新疆电影提供养分,但它自身又面临如何在市场竞争中脱颖而出的时代难题。这一时期既是新疆电影人表达影像艺术的成熟期,也是形成新的叙事艺术观念的转折期,他们的努力为日后新疆主旋律电影的影像表达积累了叙事模式与艺术经验。

本篇中,编者精心选编能体现这一时期新疆少数民族题材电影创作较高艺术成就的七部影片进行分析,认为这七部影片在塑造新疆少数民族传奇人物以及体现民族性格方面具有鲜明的表征意义与代表意义。

铮骨忠魂捍边疆
——《向导》

编剧：邓普
导演：王心语　谢飞　郑洞天
主演：阿不力米提　秀克拉提　吐依贡　戈沙　阿不力支
出品：天山电影制片厂
年份：1979

向导

故事梗概：

清朝末年，欧洲探险家泰勒博士来到新疆喀什噶尔城，寻找一座传说中聚集宝物的沙漠古城。在集市的一个地摊上，他发现了一批有价值的文物，于是断定地摊摊主是可以将他带往沙漠古城的向导。在道台府为泰勒博士接风洗尘的宴席上，俄国领事趁机安插沙俄青年军官毕齐科夫为泰勒博士做翻译和助手，道台也安插蒋师爷为耳目，并将地摊摊主伊布拉音抓回，以与其孙子巴吾东团聚为条件强迫伊布拉音做向导。伊布拉音被迫带领泰勒博士一行人前往塔克拉玛干深处，途中狡猾的毕齐科夫识破了伊布拉音欲将探险队拖垮的计划，将其折磨致死。古城的文物被洗劫一空，文物在运送的过程中被沙俄盗取。10年后，毕齐科夫率队勘测塔里木河，长大后的巴吾东认出了残害其爷爷的仇人，并将毕齐科夫的船队引至水流湍急之处。毕齐科夫侥幸逃生，却因俄国爆发十月革命而留在了当地。32年后，中国爆发革命，解放军勘测队进入了塔里木，因携带测绘标杆被巴吾东误认为是同毕齐科夫一样的侵略者。经过几番交流，巴吾东弄清楚了状况，并主动担任解放军的向导，然而却在一片树林中遇见了流窜的毕齐科夫，经过争斗后二人同归于尽。

《向导》作为天山电影制片厂在"文革"后恢复故事片生产的第一部影片与建国30周年献礼片，在新疆电影史上占据着重要的地位。该片叙事时间跨度长达50年，记录了从清朝末年到解放初期新疆少数民族自发反抗外来侵略者的斗争史，塑造了伊布拉音和巴吾东祖孙如胡杨般坚忍不拔、顽强斗争的艺术形象。该片曾获1979年文化部优秀影片奖。

一项困难重重的任务

20世纪70年代末，新疆天山电影制片厂从混乱中逐步恢复生产，初期全厂工作仍以译制片为重，然而恢复故事片生产是全厂同志多年的愿望。厂领导多次经自治区向国家请示,1978年厂里接自治区党委批示:"新疆电影制片厂要立即上马续建成故事片厂,文化局和有关部门要加快新疆电影制片厂恢复工作的步伐。尽快投入生产,第二年九月前至少拍出一部高水平的故事片,向建国30周年献礼。"[①]生产一部高质量的故事片,无疑是1979年全厂工作的重中之重,而《向导》正是在这样的背景下产生的。

由于"文革"期间厂内生产全面停滞,机器设备长期闲置,锈蚀、损坏严重,厂内人才和设备均十分匮乏,除自治区20年大庆纪录片组拨给的几台摄影机外,其他一无所有。在这样的情况下,时任新疆电影制片厂厂长的李玉轩决定去北京请人。在北京电影学院的大力支持下,一支由李居山担任摄制组组长,王心语、谢飞、郑洞天承担导演工作,曾掌镜《红旗谱》的孟庆鹏带队摄影组的剧组成立了,而影片的文学剧本则是由时任新疆电影制片厂编剧邓普的小说《老猎人的见证》改编而成。

影片的演员主要从新疆本土少数民族演员中选拔而出。在《向导》中一人分饰老向导伊布拉音和十年后长大的孙子巴吾东两角的演员阿不力米提是一位颇具才华的青年演员,当时任职于新疆歌舞团,参演过维吾尔语《红灯记》(饰李玉和)和《奥雷·一兰》(饰沙俄远征队队长),为新疆观众所熟知。影片中饰演俄国军官毕齐科夫的是新疆歌舞团的演员吐依贡,在拍摄《向导》的同时,他还在上海电影制片厂的影片《雪青马》中担任了一个角色,常常奔忙于两个摄制组之间。幼年巴吾东的扮演者秀克拉提是乌鲁木齐市的三年级小学生,很会表演,民族舞也跳得非常好,因而得到了摄制组老师们的赏识。而表面上具有绅士风度的欧洲探险家泰勒的扮演者则是一位非专业演员,他是吉林日报社的美术编辑戈沙,在拍摄《向导》前,他那酷似欧洲人的外表使他已在4部电影中担任过角色。

一切准备就绪后,影片于1979年5月正式开机拍摄,由于时间紧、任务重,而拍摄外景地又主要是"火盆"吐鲁番和塔里木荒野枯林,条件十分恶劣,

---

① 张华:《天山电影制片厂初创时期故事片生产史略》,载《北京电影学院学报》,2014年5月,第44页。

拍摄的工作可谓是困难重重。

据影片中蒋师爷的扮演者李英杰回忆,这部影片拍摄得很辛苦,由于当时条件限制,整部戏外景线很长,而胶片有限,所以大家在拍摄的过程中都十分配合,争取一次过。在塔里木拍摄影片结尾"树林格斗"那场戏时,扮演巴吾东的演员阿不力米提在表演时被一标杆打中,但他忍住疼痛,一直坚持把戏演完。

影片中还有一场湖边的打戏,两个人从山丘上滚到湖里,当时摄影师孟庆鹏老师说:"我试一个你们没拍过的角度。"于是就抱着摄影机和演员一起往下滚,那天孟庆鹏老师大概滚了三四次才完成。虽然今天有了遥控技术,演员已经不用这样拍了,但那时为拍戏就是这样一种精神。①

整部电影的拍摄过程历经5个月,1979年10月,摄制组如期完成了拍摄任务。同月,经自治区党委批准,新疆电影制片厂改名为"天山电影制片厂",《向导》作为天山电影制片厂首部故事片与观众见面了。

一部血与泪的抗争史

作为一部献礼片,《向导》确立了一个明确的爱国主义主题,从影片的宣传词"前赴后继,祖孙两代斗恶魔;气壮山河,民族尊严立天地"就可以看出,这部影片记录了新疆少数民族抗击侵略者的血与泪的斗争史,并表现出了边疆维吾尔族人誓死捍卫祖国尊严的高贵品质。

影片讲述了伊布拉音祖孙在不同年代为不同的人当向导的经历,他们是从巴依家逃出的农奴,因在集市上摆地摊卖沙漠古城的古钱币而招致厄运,被迫成为欧洲探险家泰勒博士探险队一行的向导。在前往古城的路途中,伊布拉音目睹了穷苦的当地人被虐待的景象,当那只总会回到塔里木河边的鸽子被毕齐科夫残忍地打死之后,伊布拉音便带着探险队在沙漠里绕圈子,下

---

① 张华:《天山电影制片厂初创时期故事片生产史略》,载《北京电影学院学报》,2014年5月,第46页

定决心将他们带入地狱,因为他绝不能容忍塔里木被侵略者肆意蹂躏和践踏。然而狡猾的毕齐科夫却看透了伊布拉音的心思,诱导他将探险队带到了古城。尽管受到毕齐科夫的折磨,伊布拉音仍为孙子巴吾东留下最后的水,而自己却被活活渴死。而艰辛存活的巴吾东没有离开塔里木,因为爷爷告诉他,天地虽大,只有塔里木河对穷人才是仁慈的,而在其他地方到处都有掠夺与压迫。10年后,当他再次看到毕齐科夫率队勘测的时候,国仇家恨一齐涌上心头,为此他假意答应做船队的向导,但却凭借自己对当地地理状况的熟悉,让船队葬身激流当中。32年过去了,巴吾东依然坚守在塔里木的荒野中。中国人民解放军到来后,巴吾东通过了解,最终发现解放军是帮助他们共同建设美好家园的同伴,于是自愿承担起向导的工作,然而却在一次外出中遇到苟活于世、退守塔里木河游荡的毕齐科夫。在争斗中,巴吾东手刃仇人,最终与毕齐科夫同归于尽。

　　为了使主题表达不显生硬,影片在艺术处理上颇费心思,几段神话和传说的加入,使影片充满了神秘感和传奇色彩。影片将主要人物命运融入古

城、大漠、长河、枯木林等新疆独特的自然景观之中,形成了特有的苍凉感和悲壮感。其中,影片中几个意象的反复出现,为影片的主题表达增色不少。

"金钥匙"是影片中多次出现的意象,也是在塔里木河流域轮台县维吾尔族民间广为流传的传说。据说在很久以前,塔克拉玛干大漠深处有一座藏着许多金银财宝的城堡,后来被一伙土匪发现,他们动了抢劫城堡的念头。然而打开城堡的"金钥匙"在看守城堡的姑娘艾丽曼手中,土匪们为了得到财富,一路追杀艾丽曼,艾丽曼就把"金钥匙"扔进了沙漠里……虽然"金钥匙"的故事是虚构的,但塔里木河流域广袤的土地和丰富的资源却是不可多得的,因此今天的轮台县团结广场还矗立着一座金钥匙的巨型雕像。

在影片《向导》中,"金钥匙"在不同人眼中却有不同的含义。当伊布拉音祖孙因被赛义德巴依发现而逃跑到塔里木河的时候,伊布拉音忧伤地弹奏着热瓦甫,痛心疾首地告诉孙子巴吾东"金钥匙"的神话传说,并嘱托孙子要像塔里木河的鸽子一样永远不离开自己的家乡。自此,"金钥匙"便深深地印在幼小的巴吾东的脑海中。对于伊布拉音祖孙来说,"金钥匙"可以打开太阳城的城门,拿出制服恶魔的宝剑,让他们所热爱的塔里木恢复绿草如茵、鲜花繁茂、鸟雀啼鸣的景象,让他们这些贫苦的人民也能真正有尊严地生活在这片土地上。在毕齐科夫第二次率队来到塔里木进行勘测、抓住对其船队捣乱的巴吾东的时候,他欣喜地说道:"这个野小子,真是一把送上门来的'金钥匙'。"他说300多年来俄国领土每天的扩张面积是150平方米,这个神圣的事业无论如何也不能停止,因此在他看来,"金钥匙"是可以帮助他勘测塔里木的向导,也是帮助沙俄进一步侵略新疆的工具。多年以后,"金钥匙"的传说被巴吾东的女儿阿米娜深信不疑,苦难的生活让她在梦中都企盼妈妈能够拿着"金钥匙"归来。当解放军勘测队的医生为阿米娜治好病症之后,阿米娜相信解放军就是能解救他们的"金钥匙",但解放军却说,"金钥匙"是掌握在塔里木人民自己手中的,这也揭示了共产党让人民当家作主的执政思想。

"测绘标杆"也分别在影片三个不同时间出现过。第一次是在泰勒博士一行人将古城掠夺一空准备离开时,贫苦的当地人希望泰勒能带他们一起离开,而毕齐科夫却残忍地用"测绘标杆"将他们杀害。这一场景带给幼小的巴吾东极大的震撼,自此他见到拿"测绘标杆"的人就认为他们是掠夺塔里木、滥杀无辜的魔鬼。第二次是在毕齐科夫率队勘测塔里木时,巴吾东看到他们船队上的"测绘标杆"后就对他们有所芥蒂,当看到毕齐科夫时巴吾东在脑海中不由浮现出爷爷被他折磨至死的画面,复仇的想法油然而生。于是他假意答应做毕齐科夫船队的向导,却暗中将他们带入四周满是悬崖绝壁的激流中,最终船毁人亡,只剩毕齐科夫一人苟活。第三次见到"测绘标杆"时,巴吾东带着女儿已在塔里木荒野中顽强地生活多年,外出打猎时无意救下一位医生,由此遇到了解放军勘测队,巴吾东以为他们是和毕齐科夫一类的魔鬼,因而顽固地拒绝他们的一切帮助。只是这一次勘测队到来的目的并非侵略他们心中所爱的家乡,而是帮助他们一起开发塔里木,帮助他们过上不受压迫的幸福生活。实际上,影片中"测绘标杆"意指列强掠夺与侵略,它的反复出现,恰好更加深刻地凸显出列强的恶行,为观众营造了紧张的观影氛围。

影片结尾,一曲高亢嘹亮的音乐响起:"塔里木我的家乡,春天又回到了你的身旁,今天你穿上金色的新装,啊,塔里木,幸福的家乡!"正是几代塔里木人民不屈不挠,勇敢地与侵略者不断斗争,才使塔里木没有沦为殖民地,也正是他们的坚守,让他们过上了当家作主的新生活。

一对铁骨铮铮的祖孙

看过影片《向导》的观众都会对那个白眉银须、表情阴郁、眼神愤恨的老人伊布拉音印象深刻,也会为那个儿时机灵懂事、长大后机智勇猛的巴吾东拍手叫好。作为塔里木贫苦下层人民的代表,他们善良淳朴却又不乏智慧,他们对家乡不离不弃,为保卫家乡前仆后继,在沙漠和荒野中谱写了一曲悲壮的战斗凯歌。

作为一部少数民族电影,影片在塑造人物形象时着重展现维吾尔族本色形象,突出维吾尔族主体精神。影片注重对人物行为的展现,通常在紧要关头或情节转折点对人物的表情、行为进行特写,造成一个情绪放大化的停顿,并通过音响效果加以渲染,从而使人物的精神境界得到升华,展现出维吾尔族人民不畏艰险、勇于斗争、追求进步与光明的一面,对维吾尔族人民具有很强的激励和鼓舞作用。

老向导伊布拉音简单朴实,虽然备受压迫和屈辱,但在他的表情中却始终透露着坚毅与不屈。在星光照耀下的塔里木河边,在沙漠的星空下,他弹奏热瓦甫的琴声格外忧伤,仿佛在诉说着他历经苦难的一生。他同情与他一样的穷苦人民,与他们真诚相待。他对唯一的亲人——孙子巴吾东关怀备至,即使在生命最后一刻,也要把活着的机会留给孙子。最后,伊布拉音死于无边无际的塔克拉玛干大沙漠,仿佛是一种宿命,与沙漠融为一体。

孙子巴吾东谨记爷爷的叮嘱,自10岁那年爷爷去世后,他一生都在塔里木的荒野中生活。他继承了老向导伊布拉音的品质,威武不屈并且机智果敢。当面对狡诈的毕齐科夫时,巴吾东能机智地与他们周旋。影片最后,在与毕齐科夫及赛义德巴依三个儿子格斗这样力量悬殊的状况下,他临危不惧,最终与毕齐科夫同归于尽。巴吾东英勇牺牲后,影片给高大的胡杨树一个特写镜头,正是寓意巴吾东就如同胡杨树般,有着顽强的性格和坚韧不拔的品质,用一生守护着塔里木的每一寸土地。

除了两位主人公外,影片还塑造了一批虚伪、狡诈、狠毒的侵略者与封建官僚的群象,而这些反面人物的塑造,更加鲜明地衬托了伊布拉因祖孙的正面形象。其中在道台府宴请这场戏中,影片展示出列强与封建官僚间激烈的明争暗斗,可谓精彩。为从泰勒博士探险中获利,各国领事及道台大人纷纷在泰勒博士身边安插助手。英国领事表示,虽然此次探险是民间资助的个人项目,但女王陛下十分关心。俄国领事首先抢占先机,表示沙皇特准泰勒博士可取道俄国往返欧洲,向泰勒博士许诺已找到老向导伊布拉音,并安插自己的儿子"中亚通"毕齐科夫为其做翻译和向导,企图从中谋利。道台大人也不甘示弱,安排蒋师爷在探险队做专司联络的总管。而在宴席上,因"征服塔克拉玛干大沙漠"一句的措辞而引发的争论,更是昭示了侵略者们的狼子野心。

然而,影片在人物塑造上也存在扁平化的问题,伊布拉音祖孙是底层维吾尔族贫苦大众的代表,因此被赋予一类人、一个阶层的共同特征,造成影片人物塑造的简单化、概念化,人物性格过于单一,缺乏丰富性和多面性,在50余年的时间跨度中没有过多的变化和发展。

一次意义深远的探索

影片完成后,经电影局审查之后面向国内外发行。1980 年 2 月,《向导》还作为第三批国庆献礼片之一参加了春节新片展映,并在乌鲁木齐市区的 22 家影院和俱乐部相继上映,共放映 194 场,总计 182360 人次,上座率为 94%[①],观众普遍反映较好。同年,《向导》荣获文化部 1979 年优秀影片奖。

作为"文革"后天山电影制片厂恢复生产的第一部故事片,《向导》的成功无论是对天山电影制片厂而言,还是对新疆影视人才的培养,乃至对新疆电影的发展都有深远的意义。

首先,《向导》的拍摄为天山电影厂故事片的生产积累了经验,为以后的影片摄制奠定了扎实的基础。自《向导》后,天山电影制片厂加快速度进行创作,在 80 年代出品了一批凸显地域特色和时代特色、表现新疆各族人民现实生活的电影佳作。1980 年,《艾里甫与赛乃姆》和《草原枪声》紧接着开拍完成,《不当演员的姑娘》、《买买提外传》、《火焰山来的鼓手》等一系列影片相继在国内外展映并荣获奖项,其中广春兰所拍摄的影片不仅在艺术上达到了较高的水平,而且使得天山电影制片厂转亏为盈,取得了良好的经济效益和社会效益。

在《向导》拍摄期间,虽然影片的主力军为北京电影学院的人员,但天山电影制片厂也在新疆选拔了一批年轻人作为跟班。多年后,这批年轻人成为

---

① 参见张华:《天山电影制片厂初创时期故事片生产史略》,载《北京电影学院学报》,2014 年 5 月,第 43 页。

了新疆电影生产的主力军,其中剧组的美术助理高峰后来导演了《美丽家园》、《风雪狼道》、《大河》等一批优秀影片。摄影助理拜海提·牙合甫也由此开始了自己的摄影生涯,在多部本土优秀影片中担任摄影师,现已成为一级摄影师。饰演毕齐科夫的演员吐依贡凭借主演《阿凡提二世》、《幸福之歌》、《钱这个东西》等影片多次获奖,后在北京电影学院导演系进修,导演过本土喜剧影片《光棍之家》。总体来说,新疆本土人才的培养是从拍摄《向导》开始,此后天山电影制片厂基本开始走上独立自主的发展道路。

新疆本土电影在深度挖掘本土影视和文化资源的基础上,凭借鲜明的民族特色和地方特色,在改革开放后的中国少数民族题材电影的发展历史上留下了浓墨重彩的一笔。"据1989年全国少数民族题材电影创作会议数字统计,天山电影制片厂在新中国成立后的四十周年中,所拍摄的少数民族故事片数量、反映维吾尔族生活的影片数量及少数民族制作人员担任编导的影片数量均占第一。此外,据天山电影制片厂数据统计,自1979年以后摄制的故事片,其中有半数以上的影片由少数民族担任编剧、导演和摄影,百分之九十的角色由少数民族演员扮演。"[①]可见新疆本土电影在《向导》的基础上不断发展,并在这过程中形成了自身优势和特点。

精彩链接:

影片拍摄团队及取景介绍:

《向导》是新疆电影制片厂恢复建制并改名为天山电影制片厂后拍摄的第一部故事片,人员和器材都缺乏,主要创作人员大都来自北京电影学院。导演谢飞、郑洞天是电影学院导演系的青年教师,《向导》是他们合导的第二部影片(1978年他们拍摄了《火娃》)。摄影师孟庆鹏是电影界的老手,曾参与《红旗谱》、《长河奔腾》等片的摄影,目前在电影学院

---

① 参见《天山电影制片厂志 1959—1989》,天山电影制片厂志编纂领导小组编辑出版,第39页。

摄影系任教。

为突出《向导》浓郁的地方特色,影片的外景地都在新疆境内。"古城废墟"选择了真正的古城,在吐鲁番郊区的唐代遗迹——交河故城。片中那奇特枯林和浩瀚沙漠的戏则是在阿克苏地区的农垦团场完成的。有着中亚地方色彩和维吾尔民族风味的巴扎(维吾尔语:集市)是利用喀什市的一个旧巴扎市场加工的。

影片中最大的两堂内景都拍摄于乌鲁木齐。庞大的道台府是在市内人民公园留存的清代建筑朝阳阁内搭建。安罗宫一景,则是在自治区博物馆二楼搭置的布景,并采用特技绘画接顶的办法,再现了当年沙皇宫殿的豪华气派。

——陈茂德《〈向导〉的演员及其他》

民间智慧的形象化身

——《阿凡提》

编剧：王玉胡　肖朗

导演：肖朗

副导演：刘淑安　邱丽莉

主演：吐依贡　海力倩姆　沙甫儿　木海提　阿不力米提　阿布日丽

出品：北京电影制片厂

年份：1980

故事梗概：

在古时候的一个王国里，阿凡提远游回来与家人团聚，恰逢肉孜节，他便去油店打油。善良的阿凡提将油送给了贫穷的小女孩，自己不得不去向百户长借油。百户长用醋冒充油卖给他，机智的阿凡提以牙还牙，用醋加上辣椒粉给百户长治牙痛，惩罚了黑心的百户长。后来阿凡提在异乡看到吝啬暴力的巴依老爷强迫工人饿肚子干活，便用巴依老爷的大花牛宴请工人们，并巧妙地骗过巴依老爷。为了报复，巴依老爷宴请阿凡提，并预谋杀了他的小毛驴，结果被阿凡提移花接木，错把自己的毛驴给杀了。与此同时，阿凡提发现一对相爱的情侣穆沙和莱丽由于欠税被官府强行分开，便挺身而出，帮助穆沙打赢了官司，惩罚了醉卧街头的阿克木法官，巧妙捉弄了想要调戏莱丽的恶霸国库大臣阿布拉拜克，假借王后之手惩罚了一国之王，最终救出了莱丽。在莱丽和穆沙的婚礼上，众人皆大欢喜之时，阿凡提早已骑着他的毛驴继续云游四方。

小花帽外缠头巾，嘴前扬起两撇翘胡须，独自赶着一头小毛驴云游四方，阿凡提作为一个经典的民间人物形象，早已经深入人心。他的智慧代表着民间文化的智慧，他的一系列乐观幽默、疾恶如仇、爱憎分明、勤劳勇敢、热爱自然的性格特色是民间人物的性格具体化。他总能用机智与幽默为贫苦百姓排忧解难，带给周围人无比的欢乐，因此一提及他，苦难的人们都会露出笑颜。这使得阿凡提成为一个经典的世界性文学形象，不仅在我国，甚至在土耳其、阿富汗等众多国家也广为流传，长久以来被世界多国人民所喜爱。

1980年，北京电影制片厂将这个维吾尔族民间传奇人物的故事搬上了银幕，拍摄了彩色电影《阿凡提》。影片讲述了阿凡提这个智慧与正义化身的传奇人物与人民团结起来，战胜反动的统治阶级和腐朽势力的故事，讽刺和挖苦了社会上道德败坏和自私自利的人。阿凡提这个人物形象的塑造也集中体现了劳动人民善良的品质和爱憎分明的性格，表达了贫苦百姓赏善罚恶的愿望。

浪漫主义民族传奇的影像风格、个性鲜明的人物形象塑造、民俗风情的精彩展现使得这部电影成为 20 世纪 80 年代中国电影史上一颗闪亮的珍珠,更是为祖国内地的人们了解新疆文化、欣赏新疆风情打开了一扇大门,也为中国少数民族电影发展注入了新元素、新活力,构成一道展现少数民族民俗风情的靓丽景观。

浪漫主义少数民族传奇

法国著名浪漫主义女作家乔治·桑曾对巴尔扎克说:"你既有能力也愿意描绘人类如你所眼见的,好的! 反之,我,总觉得必须按照我希望于人类的,按照我相信人类所应当有的来描绘它。"这表明她在创作上所遵循的是与现实主义不同的创作方法,这就是浪漫主义。浪漫主义的基本特征是理想主义,就是按照作家认为生活应当有的形式来描写生活,因而总是理想地描写对象或者描写理想化的对象。而这种浪漫主义情怀在影片《阿凡提》中,则表现为一种喜剧特征,这种喜剧特征不仅仅在于阿凡提本身人物形象充满了传

奇色彩,还在于这种传奇的、脱离世俗的行为与现实中的丑恶碰撞,并由此引发的一系列表面上令人啼笑皆非、实际上又合情合理的故事所带来的喜剧效果。影片敢于对社会黑暗进行批判与揭露,然而少数民族民俗风情的展现以及鲜明的地域色彩淡化了现实世界中阶级矛盾的残酷,从而使得影片在整体上呈现出朴实、真挚的特点,从中我们也可以窥见影片浓厚的浪漫主义色彩。

首先,作为一部由少数民族民间文学改编而来的电影,《阿凡提》体现了导演对于民间题材的重视、对于新疆少数民族文化的重视。影片在语言的运用上出现很多民间俗语,比如在阿凡提去油店打油时听说了百户长的恶行,便摇着头说"天下乌鸦一般黑";在阿凡提穿着穷酸想要进阿兹巴依老爷的官府时,门外仆人嘲笑他"毛驴想配金鞍子"。这些俗语使得影片通俗又充满民间智慧。

少数民族民间文学本身就充满了独特而丰富的想象力,而影片的浪漫主义情怀主要通过阿凡提天马行空的想象力体现出来。如国王招募能够答出外国使臣提出的三个难题的人,来解救国家即将面对的战争威胁,为此在阿凡提进宫答题时就出现了这样的一组对话:

"请问大地的中心在什么地方?"

"我当是什么难题呢,聪明的贵族不屑于回答,我的毛驴儿就能回答。对对,毛驴说了,它说大地的中心就是它左前蹄下的这块地方。"

"有什么证据?"

"不信你就绕着地球走一圈,丈量一下,要是不在这儿,我情愿做你脚底下的尘土!"

"我请问你,天上有多少颗星星?"

"我还以为真是什么难题呢,这就更用不着我来回答了,问问我的毛驴就行了。毛驴说了,它有多少根毛,天上就有多少颗星。"

"那可不见得吧。"

"不信你数。"

"驴毛怎么能数得清呢!"

"既然你数不清驴身上的毛,那天上的星星也是数不清的。"

"你既然数不清天上的星星,那就数一数我这把胡子有多少根吧。"

"你的那把胡子和我这条驴尾巴上的毛一样多。"

"你是闭着眼睛瞎说!"

"既然如此,那你就睁大眼睛数数自己的胡子,然后再数数这驴尾巴上的毛,要是数出来少了一根,我情愿把脸抹黑了,倒骑着毛驴去游街示众。"

阿凡提面对三个外国使臣的刁难,依然能够运用幽默的力量和智慧的言辞,巧妙地避开问题的重点,反而通过同样天马行空的无厘头的回答回击使臣,让使臣们哑口无言,赢得满堂喝彩和国王的赞赏。

其次,电影批判并揭露了社会的残酷现实和虚伪贵族的丑恶嘴脸,并将矛头直指国家的皇权贵族:一乡之长竟然垄断粮油售卖,压榨百姓;受人尊敬的法官也会收受贿赂,有失公平;国王作为民心所向的权利的杠杆,竟然也贪恋财色,表面上正义凛然,实际上却想独霸美丽的莱丽。面对这些困难,阿凡提带领百姓勇敢地站出来,宰杀大黑牛举办晚会,耍了巴依老爷,还为工友们讨要工钱,最后借助皇后之力惩罚了国王,救出莱丽。这些情节使得《阿凡提》这部电影充满了反抗的激情。

爱情也是一条贯穿于整部电影的重要线索,影片以穆沙和莱丽爱情发展的矛盾冲突推进剧情发展。从穆沙和莱丽篝火舞会上的相恋,到莱丽被阿不来拜克抓去抵税,最后穆沙成功解救莱丽,两人结为夫妻,爱情这条故事线串起阿凡提与人民凭借智慧勇敢斗争的事件。穆沙和莱丽因舞蹈点燃了爱情的火焰,无形的力量将两人命运紧密相连,人们弹着冬不拉为二人的爱情歌颂:

美丽的彩蝶迷人的目光

  天上的星星把月亮陪伴

  美丽的彩蝶迷人的目光

  天上的星星把月亮陪伴

  为什么 为什么 我们形影相随

  是爱情的丝线把我们相连

  歌唱着美丽的花园

  爱情的鲜花正在盛开

  我把它唱那 我亲爱的花园

  爱情是多么甜蜜

  为他去天边也不嫌遥远

  新疆壮美的自然风光在影片中得到了充分的展现。电影通过固定机位,聚焦于雄伟瑰丽的大自然和新疆异域风情,非凡的智者阿凡提行走在这大自然之中,成为浪漫主义寄托自由理想之所在。他唱道:

  我骑上那小毛驴

  乐悠悠

  歌声伴我乘风走 乘风走

  嘿 亲爱的朋友们 亲爱的朋友们

  虽说我们不相识 我也为你平忧愁

  嘿 我也为你分忧愁

  嘿 亲爱的朋友们 亲爱的朋友们

  只因人间事不平 我把世界来周游

  大自然的美同人类社会的丑恶鄙俗形成强烈的对比,使得百姓们饱含着心酸的欢乐。虽然贫苦百姓们生活艰辛,但是仍都对未来的生活充满着美好的憧憬。影片的最后阿凡提消失在婚礼现场、云游四方是符合浪漫主义实质的,其内在的生命激情得到了升华。

阿凡提

人物形象的个性化塑造

电影《阿凡提》是在民间文学的基础上进行改编创作的,继承和发扬了文学作品中人物塑造个性鲜明的特点,影片中不同等级、不同身份、不同性格的人物生动而形象,犹如片头展现的那一颗颗璀璨的珍珠,散发着耀眼的光芒。

与以往中国电影中塑造的单一典型化人物形象不同,本片主要塑造特定环境中的独特个性人物。影片塑造的人物形象分为两类,一类人物为赞颂勤劳善良并拥有纯洁美好心灵的劳动人民,如幽默且充满智慧的阿凡提,质朴憨厚并且忠于爱情的穆沙,美丽且能歌善舞的莱丽,机灵可爱的奴拉;另一类人物为封建统治阶层中形形色色官僚贵族,国王、王后、国库大臣阿布拉拜克、阿克木法官、巴依老爷、百户长、酒店掌柜等,这些人物遍布各个阶层,他们都是道貌岸然、心狠手辣、惜财如命之徒。

影片一开始就将喜怒哀乐的鲜明个性灌注于阿凡提身上,远游回家的阿凡提为村里的小朋友散发糖果,到家后他偷偷地趴在墙上看美丽的妻子,然后默不作声地突然从后面抱住妻子,引得妻子差点扬手打他,他急忙说道:"别害怕,我的小羚羊,你要是舍得就打吧!"善良且富有生活情趣的幽默性格从这场戏中就体现了出来。

阿凡提远游到某处,碰巧遇上巴依老爷不给工人们发工钱,他便急中生智想出一个让工人们不饿肚子又能惩罚巴依老爷的好方法。他将大花牛宰杀宴请工人,举办了一场人声鼎沸的篝火晚会,吃饱喝足后故事的高潮从这开始。第二天,阿凡提和工人们在河边假装在帮巴依老爷拉住跑掉的大花牛,眼看着巴依老爷慌张地跑到跟前来,阿凡提便将绳子上的大石头抛入水中。巴依老爷被骗,还以为真的是大花牛落水,连连感谢阿凡提,工人们在嘲笑巴依老爷的同时增加了对阿凡提的崇拜之情,并用直白而通俗的语言夸奖他比巴依老爷多长了四十个脑袋。这一场戏充分表现出阿凡提的幽默和机智,他不但让大家吃饱肚子,而且还演了场娱乐大众的戏。再比如在打官司这场戏中,阿凡提作为穆沙的辩护人,把法官阿克木耍得团团转。阿凡提讲了一件神奇的事情,说有一种麦种只需把它炒熟,今天种,明天就能收。面对法官质疑时,阿凡提便立刻反驳:既然炒熟的麦种种不出小麦,吃下肚的鸡也是不能下蛋的。阿凡提运用类比推理的逻辑方法讲得商人和法官哑口无言,最终赢了官司。这充分体现了阿凡提缜密的逻辑思维。

整部电影不仅表现阿凡提的聪明过人,还有他的"愚蠢可爱"。在阿兹巴依大人的宴请会上,阿凡提因穿着穷酸,被门口的仆人拦在门外并遭受到仆人的侮辱。因此,在第二次换上华丽服饰被尊敬地请上座后,阿凡提要请"衣服"吃饭,告诉阿兹巴依说,没这身衣服进不来老爷的门槛,所以要感谢衣服,请它先吃。阿凡提用这种看起来可笑的方式暗示老爷自己受到的不公待遇,使仆人受到惩罚。

吃饭过程中,他还往偷装点心的嘉宾的口袋里倒茶,并装傻说:"你的衣服口袋吃了那么多点心,都该渴了,喝点吧!"机智的语言给大家带来极大的乐趣,引得满堂欢笑,赢得了大家的喜爱,也讽刺了贪吃的宾客。

阿凡提集多重身份于一身,他时而是云游四方的游者,时而是丈夫和父亲,时而是解决人民苦难的智者,时而是国王身边的近臣。如此丰富的角色使得阿凡提的形象被塑造得饱满立体。

影片首尾呼应,片头阿凡提云游后回家,结尾处,阿凡提独自唱着歌骑着毛驴继续云游四方。他行走在新疆独特的自然美景之中,与巍峨天山、茂密松林、奔流江水融为一体,这个热爱自由、充满智慧的流浪者将继续书写人生的传奇。

民俗风情的精彩展现

影片一开始就展现了独特的民族特色,珍珠拼出片名"阿凡提",象征着如珍珠般独特与珍贵的美好民族品格,接着一本民间故事集缓缓翻开,在对称的民族图腾背景上,幕后工作人员的字幕介绍一一出现。影片的第一个场景是在一片雪山下朦胧清真寺的大全景,为全片奠定了展现独特地域和民俗风情的基调。

影片全方位地展现了新疆独特的地域风光,不仅注重表现山川河流的大美,还注重对小美的发掘。片头阿凡提行游天山时,影片给觅食的小鹿、啃松子的松鼠、含苞待放的红花特写镜头,一连串的特写将小美与大美完美融合,给天山风光增添了生命的气息和活力。

其次,除了新疆电影共有的特色地域美景以外,本电影着重描绘出新疆特色的人文民俗景观。篝火舞会与宫殿表演这两场戏,使维吾尔族人民能歌善舞的才华得以完美呈现。伴随着美妙的歌曲,美丽的莱丽和帅小伙穆沙相遇,镜头随着歌词不断切换,落在花朵上的红蝴蝶、披满星辰的夜空下的清真寺、热瓦普等维吾尔族乐器的弹奏、双人伴着爱意的舞蹈将气氛烘托到顶峰,阿凡提也幽默地跳起舞蹈逗得人们捧腹大笑。当外国使臣献上长达5分钟之久的披纱美女八人舞蹈时,电影的乐舞与剧情完美结合,在华美的宫殿中,美女们妖娆的身姿、曼妙的动作、妩媚的眼神、洁白的肌肤、抖动的肚皮以及异域美女独有的惊艳相貌为观众带来了视觉上的饕餮盛宴。

影片不但调动了人们的感官,而且通过对特色美食的介绍刺激着观众的味觉,简直可以称之为一部新疆美食大荟萃。在篝火晚会上,第一个镜头就给了烤得金黄的烤全羊和外酥里嫩的羊羔肉,接着是那冒着热气的骨头汤,让观众直流口水。除此之外,整部影片只要能放食物的地方必定摆着新疆美食,如西瓜、哈密瓜、小南瓜、葡萄等水果,烤羊肉串、手抓饭、点心饼干、干果、馕、奶茶等等。

除了美食,琳琅满目的民俗装饰与服饰也得到了展现。颜色丰富的布料,艾德莱斯绸,高挑细长壶嘴的水壶,彩绘的马鞍,五光十色的珠宝、花瓶、陶艺,热瓦普、都塔尔、手鼓等民族乐器一一展现,维吾尔族少女头上的幔纱和长辫子,男士头顶的小花帽和大胡子,这些西域地区独有的饰品给电影增加了不一样的色彩与吸引力。

影片还将维吾尔族的宗教文化信仰和习俗融入电影,清真寺这个建筑形象多次出现,维吾尔族做礼拜、诵读《古兰经》等民俗也得到了影像的呈现,还有一些宗教用语,如"赞美真主"、"万能的真主"都在台词中得到体现。

《阿凡提》这部电影就像是一部新疆民俗的大集合,集取新疆地域风光、歌舞、民俗等元素,融合当地维吾尔族人民在饮食、服饰、居住、婚礼、宗教等方面的习俗,对维吾尔族民风民俗进行了充分的影像展现,体现出少数民族热情好客、勤劳质朴的性格特色,为祖国内地的人们了解新疆文化打开了一扇窗。

精彩链接：

新时代的阿凡提：

作为维吾尔族民间故事中的智者形象阿凡提，随着新时代的发展，得到了众多关于"阿凡提"题材的开发，并不断注入新元素，使得阿凡提这个形象不但没有逐渐消失，反而在荧幕上更加活跃。

《少年阿凡提》是由自治区党委宣传部、宁波市委宣传部、宁波民和影视动画股份有限公司联合出品的百集三维动画电视剧，讲述的虽然依旧是发生在巴依老爷和普通百姓之间的那些经典老故事，但是，出品方赋予了它时代内涵和精神，从而使得《少年阿凡提》的故事具有了更多的看点和亮点。在我们过去的记忆中，阿凡提是一个留着络腮胡须，身穿条纹袷袢，骑着小毛驴游走四方，用自己的智慧为穷人打抱不平的十全十美的民间英雄，而在《少年阿凡提》中，他的这个经典形象被一个英俊、聪明、顽皮、乐于助人并且有点"鬼精灵"的少年形象所取代。发生改变的不仅是人物形象，人物的性格也变得更加丰满真实。在《少年阿凡提》中，阿凡提不再十全十美，他身上也有缺点，也有"笨"的时候，他也有烦恼，上课时，也会躲在书后面打瞌睡，有时也会闹点小孩子的别扭。而正是这些细节上的刻画，使得少年阿凡提更加有血有肉，更加真实。

（载《新疆日报》：《创新赋予阿凡提鲜活的生命力——百集三维动画电视剧〈少年阿凡提〉观后》）

一场爱的传奇
——《艾里甫与赛乃姆》

编剧：艾力·艾则孜祖农·哈迪尔

导演：傅杰

主演：买买提祖农·司马依 布维古丽 阿布里米提·沙迪克 努力曼·阿不力孜 买买提·依不拉音江 阿不都热合曼·艾力

出品：天山电影制片厂

年份：1981

艾里甫与赛乃姆

故事梗概：

国王阿巴斯与宰相艾山打算在公主的命名仪式上订立一份婚约，原来他们都曾在打猎中遇到了一只怀胎的黄羊，这让他们想起了有孕在身的妻子，于是放走了这只黄羊。但这份婚约引起了以夏瓦孜为首的一部分大臣的不满，他们认为不能让来历不明的人继承阿巴斯王国，所以用毒箭射杀了宰相艾山。国王的公主赛乃姆与艾山之子艾里甫在宫中相伴长大，真挚地爱着对方。但是继任宰相从中作梗，国王又听信谗言，撕毁了婚约，将艾里甫及其全家驱逐出境。赛乃姆在宫中终日忧伤，国王又要将她嫁给夏瓦孜的儿子阿不都拉。艾里甫在他乡遇到一位美丽善良的女首领迪力阿拉木，她被艾里甫忠贞的爱情打动，偷偷潜入王宫，给赛乃姆出谋划策。艾里甫在忠臣沙迪克以及一群山民的帮助下，重回阿巴斯汗国，在国王面前揭穿了夏瓦孜父子篡位的阴谋。历经波折的恋人艾里甫与赛乃姆终于重逢。

《艾里甫与赛乃姆》改编自维吾尔族家喻户晓的同名民间爱情叙事长诗。长诗叙述了阿巴斯国王之女赛乃姆和宰相艾山之子艾里甫之间发生的离奇曲折、感人至深的爱情故事。这段传奇的爱情故事在维吾尔族人中代代传颂，在他们心目中有着极高的地位。1980年初，天山电影制片厂决定将《艾里甫与赛乃姆》改编为电影，电影《艾里甫与赛乃姆》借鉴了歌剧中优美的语言、婉转的歌曲、欢快的舞蹈，且以此推动了剧情的发展，丰富了人物塑造的形式。这部电影积累了优秀诗人与剧作家的经验，用光、影和声完美地再现了一场爱的传奇。

一段脍炙人口的爱情故事

电影《艾里甫与赛乃姆》改编自一段人们口耳相传的故事。影片依旧以艾里甫与赛乃姆之间忠贞不渝的爱情为主线，又以王宫内大臣之间的相互争斗为副线,采用双线并进又相互交织的结构,展示了一段令人悲叹的爱情故事。

国王阿巴斯的王后诞下一位公主,宰相艾山的夫人生下一位男孩。在命名的仪式上,国王与艾山打算立下一份婚约。原来,在打猎的时候,艾山宰相遇到了一只怀胎的黄羊,他想起有孕的妻子,所以没有射杀这只黄羊,并且不允许任何人伤害这只黄羊。巧合的是,国王在打猎的时候,也遇到了一只怀孕的黄羊,也没有射杀它。国王为了顺应这个巧合,在打猎之时就许下诺言:如果双方妻子都生了男孩就结为兄弟,如果生的是女孩就让她们结为姐妹。可是他们生下了一男一女,国王就决定签订婚约,让他们结为夫妻。这引起了大臣夏瓦孜的不满,他密谋在合适的时机除掉艾山,让自己的儿子阿不都拉娶公主赛乃姆,这样就可以继承整个阿巴斯汗国。于是一场阴谋在宫廷里暗潮涌动。

年幼的艾里甫与赛乃姆在宫廷里相伴长大,并逐渐爱上对方。虽然后来宰相艾山被小人暗算,身中毒箭身亡,但是这不能阻止艾里甫与赛乃姆相恋。赛乃姆在花园里读神话传说《帕哈斯与西林》,盼望自己能成为神话中的西林,艾里甫能成为帕哈斯,两人能终生相守。艾里甫看见后,用一首情歌与一束鲜花表白了心意,赛乃姆许诺道:"艾里甫江,让这盛开的玫瑰永远珍藏在我们心上,即使遇到狂风暴雨,它也永不凋谢。"艾里甫与赛乃姆因这纯洁的爱恋而感到甜蜜。艾里甫的母亲见状却说道:"花太美,就很容易被折断;果太甜,就特别容易脱落。俗话说,好梦易醒,好事多磨。"这段话为艾里甫与赛乃姆曲折的爱情埋下了伏笔。夏瓦孜的儿子阿不都拉也爱上了赛乃姆,可是赛乃姆心中只有艾里甫。在嫉妒心的驱使下,他诬陷艾里甫与赛乃姆行为不端。国王听后大怒,不许赛乃姆再去经院上课。

孤身一人的艾里甫在花园里忧伤地思念赛乃姆。赛乃姆约艾里甫在果园相见,悲戚地互诉离别之苦。这时赛帕尔跑了过来,原来他的父亲沙迪克被夏瓦孜诬陷叛国,赛帕尔救出了父亲,自己却被关了起来。艾里甫认为赛帕尔是被诬陷的,便放走了赛帕尔,结果艾里甫自己被抓了起来。艾里甫面见国王时触怒了国王,夏瓦孜又在一旁煽风点火,于是国王下令处死艾里甫。赛乃姆为艾里甫说话,可是被国王禁足。艾山的妻子带着当年签订的契约来见国王,可是国王竟然在众目睽睽之下撕毁了契约。在众人的怂恿下,国王最终将艾里甫全家驱逐出境。一对恋人被迫分离,赛乃姆在高楼上望着囚车里的艾里甫,悲痛地唱出离别之词,只能期待着再相逢的一天。

夏瓦孜贼心不死,计划在半路杀害艾里甫,所幸在阿里木的帮助下,艾里甫脱离了危险。艾里甫在流放途中历经了千辛万苦,而赛乃姆也在宫中饱受相思之苦。艾里甫在打猎中遇到了一位女首领迪力阿拉木。女首领看上了艾里甫,欲劝说他留下来,可是让艾里甫心心念念的只有远在他方的赛乃姆。赛乃姆在宫中忧郁悲痛,可国王还要逼迫她嫁给阿不都拉,赛乃姆态度坚决,誓死不从。女首领赞赏艾里甫的痴情,于是扮成医生,来到宫中,告诉赛乃姆一个妙计,让她先答应婚事,但是要求在婚礼之前要摆40天的筵席。艾里甫在山民与阿里木的帮助下,在婚礼前回到了王宫。两人终于再在花园里相见,互诉衷情。在国王的大殿上,通过阿不都拉的侍卫帕尔曼招供,真相终于

水落石出。夏瓦孜毒害艾山宰相,意图杀害艾里甫然后篡位的阴谋被揭穿,国王终于看清了夏瓦孜的真面目。艾里甫与阿不都拉在宫内决斗,终于将贼子阿不都拉铲除。艾里甫与赛乃姆最终喜结良缘,相爱的人在一片欢声笑语中接受众人的致敬。

影片中的艾里甫与赛乃姆互相深爱,却因奸臣夏瓦孜的阻挠无法在一起,他们俩波折起伏的爱情牵动了无数人的心。而在这个矛盾之外,影片又设置了来自政治上的矛盾,使整个故事更加丰富完整,引人入胜。影片利用艾里甫与赛乃姆之间动人的故事,歌颂了自由、纯洁、忠贞、真挚的爱情,体现了广大维吾尔族人民对美好爱情、美好生活的赞美与向往。

一对为爱决绝的青梅竹马

电影塑造了一对青梅竹马——艾里甫和赛乃姆的形象。在电影中他们为爱痴狂,为爱勇敢,忠于自己的内心,忠于对爱的承诺,在历经劫难之后,终于走在了一起。

艾里甫是一个聪明勇敢的少年,他对爱情忠贞,对国家忠诚,他用满腔赤忱爱着赛乃姆。在花园里,赛乃姆回应了艾里甫炽热的爱,他整个人都欣喜若狂。此时的花园鲜花烂漫,充满着温暖。两人的情歌更是缠绵悱恻,一来一回的对唱营造了浪漫的爱情氛围。在赛乃姆被禁足之后,艾里甫孤身一人徘徊在这个花园中。然而此时的花园一片萧瑟,弥漫着雾气的森林,不再鲜艳的花朵,冷色调的湖面,艾里甫的愁容在这些景致里倍显凄凉,仿佛没有了赛乃姆,艾里甫的人生就是一片暗淡。而艾里甫的唱词也不再热烈而是忧伤。清冷的环境和曲调,带领我们走入艾里甫的内心世界,深切地体会到艾里甫对赛乃姆深切的爱恋,我们仿佛能感受到从电影中缓缓流露出的哀伤。

即使在流放的过程中,艾里甫也思念着禁宫里的赛乃姆。艾里甫机缘巧合地遇到女首领迪力阿拉木。迪力阿拉木爱上了聪明勇敢的艾里甫,她向艾里甫许诺可以给他爱与权力。可艾里甫回绝了她,反而指引她去爱自己的臣民。艾里甫对赛乃姆浓烈的爱与深沉的责任,使他不再留心其他的女子,也正是这一份对爱的忠贞打动了迪力阿拉木,她不仅送走了艾里甫,而且还乔装打扮去王宫,给赛乃姆出主意。

电影对艾里甫的塑造不仅仅停留在他对爱情的忠诚上,除了对爱情的痴狂,艾里甫还是一个勇敢机智、有责任心和正义感的男子。面对不公平,他敢于反抗与斗争;面对国家,他担负起了自己的责任。他对帕尔曼的遭遇感到不公,因此在花园中放走了帕尔曼。在国王面前,他也不畏惧国王的威严,为沙迪克与帕尔曼喊冤。在流放的途中,他不辞辛苦地照顾母亲与妹妹,经历了众多磨难之后更加坚忍顽强。艾里甫为了赛乃姆不顾危险地返回宫中,与国王当面对质,揭穿夏瓦孜的阴谋。正如他的父亲说的那样:"亭亭芦苇溃于根,奸佞小人计难成,虽说天下之事命中注定,然而有时候也事在人为。"艾里甫用自己的实际行动,争取了自己的爱情,也戳穿了夏瓦孜危害国家的诡计。

赛乃姆是一个天真烂漫的美丽少女。对爱情,她抱着美好的愿望,仅仅是一个神话故事也能感动她。她渴望这种美好的爱情,也用自己的实际行动得到了这样的爱情。

对爱情,她不仅有天真,更有坚韧。在与艾里甫分别后,她一病不起,每时每刻都关注着艾里甫的消息。在听闻艾里甫可能遭遇不测后,她内心痛苦无比。窗户上的栏杆囚禁着她,使她无法与艾里甫相见,但她的心早已随着艾里甫而去。在窗户前,她唱道:"寂寥的岁月戚苦难挨,缕缕愁丝萦绕在心怀,泣血饮泪我饱尝辛酸,怎么办?我已如痴如呆。"无奈在她悲痛交加的时候,国王还逼迫她嫁给阿不都拉。无论多少人劝说,她都选择永远忠于自己的爱情,始终不肯妥协。不论艾里甫是富贵还是穷苦,她都始终保持着对艾里甫真挚的爱。正如艾里甫所说的那样:"虽说赛乃姆是位美丽的公主,可她却蔑视权贵,爱上了我这个孤苦的平民,为了我,她可能一生被关在禁宫里。"赛乃姆对艾里甫的爱不会因为艾里甫的身份而改变,它是一份厚重的承诺。

女首领迪力阿拉木假扮医生来看赛乃姆,告诉赛乃姆可以答应求婚,但要举办40天大宴。可赛乃姆却言辞激烈地回答道:"宁愿让心儿破碎,宁愿让眼泪流干,宁愿让乌鸦把我的身体全部啄食干净,我也绝不嫁给阿不都拉。"这一席话表明了赛乃姆的立场。赛乃姆始终捍卫自己的纯洁、忠诚与尊严,她有着美好的心灵与高尚的道德。赛乃姆独立坚韧的性格,支撑着她挺过重重困难,等来了自己的爱人。

艾里甫与赛乃姆这对恋人,都对爱情有着深刻的理解。纵使分隔两地,他们也始终坚守自己的内心。比起甜言蜜语,他们更愿意用行动来见证爱情。也是这份对纯洁爱情执着的追求打动了古往今来无数听故事的人。矢志不渝的爱情始终是人们的向往,不论经过几个世纪,艾里甫与赛乃姆的爱情故事都将作为忠诚爱恋的象征流传下去。

一场风格华丽的千年之旅

电影《艾里甫与赛乃姆》中的故事本就在民间流传甚广,后被编写为叙事长诗。改革开放后,又被改编为维吾尔剧,因其精彩的内容与浓郁的民族特色深受观众的喜爱。无论艾里甫与赛乃姆的故事如何被改编,爱情都是重点表达的内容。

从15世纪以来,这段爱情传说就在新疆地区广泛流传,19世纪维吾尔族诗人哈吉·玉素甫将它写成叙事长诗。长诗的情节生动,具有传奇色彩,深受新疆人民的喜爱,体现了维吾尔族人民的审美理想和美好愿望。虽然长诗在人物塑造上还略显不足,但是它奠定了这个故事的主题,即歌颂忠贞不渝的爱情。其后创作的许多其他类型艺术作品都从中汲取了原始的形象素材,电影《艾里甫与赛乃姆》就深受这个基调的影响。

电影《艾里甫与赛乃姆》延续了这条歌颂爱情的主线,着重描绘了他们二人之间矢志不渝的爱情。爱情在维吾尔族人心目中,是崇高伟大、神圣至上的。在中世纪,由于统治者的需要,爱情的含义被肆意歪曲,因此人们对美好爱情的向往就更加迫切。生活贫苦的人民创作出了许多故事,将自己对爱情的希望寄托在故事人物的身上。艾里甫与赛乃姆的故事寄托了众多维吾尔族人的心愿,而且在其他维吾尔族爱情长诗中,主要人物都以悲剧结尾,而这部剧以美好结局结尾,带给人们反抗黑暗的力量与希望。

1936年,孜牙·赛买提将这部长诗改编为剧本,在伊犁上演。1979年,维吾尔族剧作家艾力·艾则孜又将它改编为维吾尔剧,增添了故事情节,丰富了人物性格,在一些内容上作了删减。艾里甫的形象在情节的变动中得到了升华,至于赛乃姆则更多地表现了她智慧的一面。这部剧汲取了古典叙事长诗和传统故事的精华,"以其浓郁的民族特色、鲜明的时代精神、独特精湛的艺术,体现了维吾尔民族的艺术特色和审美观念"。[①] 不仅如此,它还选用了维吾尔族瑰宝《十二木卡姆》"达斯坦"中的部分乐曲,再配以舞蹈,营造了欢乐、明快的气氛。维吾尔剧《艾里甫与赛乃姆》吸收了长诗、说唱艺术、歌舞表演和木卡姆的优势,由其改编的歌剧一经演出就好评不断,受到了全新疆各族人民的热烈追捧。维吾尔族观众不仅十分熟悉它的故事内容,而且非常喜爱它的曲调,许多人一张口就能整段地背唱出来。

电影《艾里甫与赛乃姆》在塑造人物、推动剧情的同时,也吸收了舞蹈表演、传统的说唱等形式。电影开场与结尾时盛大的歌舞都借鉴了《十二木卡姆》中的元素。众人整齐又欢快的群舞,营造了欢乐、盛大的场景,不仅表达了公主出生时全民上下的喜悦之情,还有艾里甫和赛乃姆历经千辛万苦终于喜结良缘的兴奋与欢乐。

说唱形式则多用来表达艾里甫与赛乃姆之间缠绵的爱情。在花园中,艾里甫与赛乃姆之间欢快的对唱描绘了二人之间逐渐萌芽的爱情。艾里甫被夏瓦孜等人陷害,被迫流放出境,远走他乡。在被押解的囚车里,艾里甫望着王宫的高塔,唱道:"假如命运不使永羁他乡,假如死神不降临在我身上,假如白骨没有被遗弃在戈壁滩上,我总要回来的啊,赛乃姆江。"赛乃姆在高塔上,遥望着关在囚车里的艾里甫,唱道:"离愁别恨难把情丝割断,纵然一死我也守望在路边。海枯石烂我的心儿不变,艾里甫江啊此一别,何日再相见。"赛

---

① 韩芸霞:《论维吾尔剧的形成及〈艾里甫与赛乃姆〉的艺术成就》,中国艺术研究院,2004年硕士学位论文。

乃姆依旧是高高在上的公主,而艾里甫已经成了阶下囚,但两人真挚的爱情在缠绵哀婉的歌声中回荡于天地间。艾里甫见不到赛乃姆,在花园徘徊时,一首歌曲深切地表达了艾里甫焦急不安的心情。赛乃姆在宫中期盼艾里甫的音讯时,用一段满怀忧伤的歌曲表达了内心的煎熬。电影将独唱、对唱融合进故事情节,从而使人们有不同的体验。人们在欢乐的节奏中与主人公一起高兴,也在忧伤的曲调中与主人公一起垂泪,婉转的音乐将人们带进了对爱情的浪漫幻想里。

电影《艾里甫与赛乃姆》还用华丽的城堡与衣饰营造了浪漫唯美的氛围。电影选用的建筑带着浓郁的民族特色。独特的伊斯兰风格的城堡、装饰华美的大厅、随处可见的几何样花纹,处处都体现着维吾尔族华丽的建筑风格。鲜艳明丽的色彩与独特的建筑样式营造了一种梦幻与浪漫的环境。演员雍容华贵的服饰也带着浓郁的地方与时代特色。透过这些华丽的建筑与衣饰,我们似乎穿越了时间,进入那流传了几百年的叙事长诗中,与主人公一起体验爱情与人生。

整部电影从剧情到环境、从对白到着装,都透露出诗歌的华丽与典雅。而更可贵的是,电影始终秉承着赞美美好爱情的主题。从长诗到歌剧,再到电影,这份美好爱情流传了几百年,如今,它仍然令我们感动。

电影《艾里甫与赛乃姆》以其扣人心弦的故事情节,与浪漫唯美的氛围带给人以美的享受。各民族的经典故事都有顽强的生命力,因其广泛的群众基础而受到众多关注,每一次故事的改编都牵挂着观众的心。合情合理的改编会将经典之作再次唤醒,使它在新的时代焕发出全新的生命力,成为属于这个时代的印记。

精彩链接:

歌曲《艾里甫与赛乃姆》

  作词:刀郎

  作曲:刀郎

艾里甫与赛乃姆

演唱：刀郎

歌曲用缠绵的曲调和动人的歌词,描述了艾里甫与赛乃姆之间感人至深的爱情。

歌词：

从小和你青梅竹马相约在天山下,
我们本来是天底下最幸福的人啊,
赛乃姆你是花丛中最美的石榴花,
艾里甫我却是博格达上孤独的阿卡,
夜莺歌声在每个夜晚都会陪伴她,
我的琴声却飘荡在遥远的巴格达,
为了爱情我被放逐在天涯,
莫非今生和你厮守变成了神话,
我寻遍天山南北我要找到你赛乃姆,
就算是跋山涉水历尽千辛万苦,
花园里种不出天山上雪莲花,
不经历磨难我找不到今生的幸福。

以歌舞为生
——《不当演员的姑娘》

编剧：礼魂
导演：广春兰
主演：热依　梅力古丽　拉拉古丽　哈斯木　依不拉音
出品：天山电影制片厂
年份：1983

不当演员的姑娘

故事梗概：

《不当演员的姑娘》讲述了在80年代初，舞蹈家阿米娜为歌舞团在新疆各地招收学员，途中偶遇极有天赋的姑娘玛依拉，想通过招生考试录用她入团。不想，玛依拉的父亲艾买提绝不允许她当演员。在经历了许多波折之后，艾买提道出真相，玛依拉的母亲曾经是有名的舞蹈演员阿依夏木，相传在"十年动乱"中她被迫害致死，艾买提从此收养流浪街头的玛依拉，并且不希望玛依拉走上她母亲的老路。当艾买提意外发现阿米娜就是玛依拉的亲生母亲时，决定把玛依拉送到歌舞团去。玛依拉在歌舞团勤奋练习，终于可以与阿米娜在大型舞剧《明月》中饰演母女。在后台，玛依拉得知了自己的身世，满怀激情地喊出了"妈妈"，分离多年的母女终于在舞台上相逢。

歌舞类故事片《不当演员的姑娘》产生于新疆本土电影"火热的"20世纪80年代。天山电影制片厂自1979年至1989年拍摄了一批故事片佳作，其中几部影片今天看来仍然有现实意义。《不当演员的姑娘》借鉴了新疆本土的歌舞元素，讲述了在歌舞团招生过程中发生的一系列感人至深的故事。

本片于1984年获文化部1983年优秀影片荣誉奖，1985年被评为土耳其伊斯坦布尔国际电影节优秀影片。

一波三折的曲折叙事

《不当演员的姑娘》中的故事发生在"文革"之后，那时许多中老年艺术家走出"牛棚"，重新回到舞台上，新疆歌舞又在舞台上焕发出生机。

影片从阿米娜团长踏上到天山南北招收歌舞团学员的路程开始叙述。一辆白色的大巴车穿过葱郁的山间，阿米娜遇到了一群活泼的少女。阿米娜邂逅了少女玛依拉，并被她特殊的魅力吸引。可惜还没有听到玛依拉的歌声，她们就分道扬镳了。听到从葱郁的山谷中传来的一阵悠扬婉转的少女歌声后,阿米娜开始追寻这美丽声音。阿米娜追寻声音到了林场,在林场的联欢会上,她看到了一身红衣的玛依拉,却不料玛依拉被父亲拉走。在林场她招收了跳脚铃舞的姑娘和伊明,纵使她们舞技精湛,阿米娜也无法忘记那红衣少女玛依拉。伊明自告奋勇,打算去山里寻找玛依拉,眼看有了一丝希望,却晚了一步,玛依拉已经和她父亲回城里了。

阿米娜带着遗憾回到了城里。在招生之时,她又在巴扎听到了那美丽的歌声。她急忙追寻,可最终还是没能找到这歌声。后来阿米娜被一段优美的摇篮曲吸引进了一个小院,一开门却发现,原来阿米娜一直追寻的歌声真的来自面前的玛依拉。阿米娜希望玛依拉报考歌舞团,却遭到了玛依拉父亲的反对,父亲艾买提始终不愿意玛依拉成为演员。玛依拉内心虽然热爱歌舞,很想去报考歌舞团,可是碍于她父亲的阻拦,迟迟无法实现心愿。

考试当天,玛依拉在伊明的帮助下,偷偷跑去考试现场,以临场发挥的《艾里甫与赛乃姆》选段征服了在场的所有人,不料在考试结束后却被生气的父亲拉回了家。艾买提为了使女儿远离歌舞团的人,带玛依拉去了哈萨克大

草原,正巧碰到了阿米娜一行人。玛依拉与父亲赌气不回家,但阿米娜再三思量后,还是劝说玛依拉回家了。

艾买提从努尔口中得知,阿米娜就是当年从他们家乡走出去的演员阿依夏木。艾买提当年亲自送阿依夏木去歌舞团,可是在"文革"时,他听闻阿依夏木被迫害致死,于是坚决不同意阿依夏木的女儿玛依拉去报考歌舞团。在知道阿依夏木就是玛依拉的生身母亲之后,艾买提为了玛依拉的前途,隐瞒了这件事,将玛依拉送到了歌舞团,并将她母亲的遗物——一双舞蹈鞋送给了玛依拉,叮嘱她在成为演员的那天才能穿上。玛依拉为了成为优秀的演员,在歌舞团中彻夜练习。阿米娜意外发现了玛依拉手中的舞鞋,才知道了玛依拉就是她一直都在寻找的亲生女儿。但为了不影响玛依拉演出的状态,阿米娜并没有和她相认。在歌舞剧演出的后台,玛依拉从父亲的信中知道,阿米娜就是她的生身母亲。玛依拉在台上激动地喊出了"妈妈",两人怀着激动的心情相逢在演出的舞台上。

故事依据阿米娜寻找歌舞团演员和寻找自己的亲生女儿这一明一暗两条线索展开。阿米娜以极大的热情寻找歌舞团的演员,不愿意放弃任何一棵好苗子。有着过人才华的玛依拉深深地吸引了惜才的阿米娜,致使阿米娜执着地寻找这位才华横溢的少女。然而少女玛依拉虽然爱好歌舞,却因父亲的反对,不敢大胆表露自己的才华。经过阿米娜再三劝说,玛依拉才敢正视她的才能,不顾父亲的反对参加歌舞团的考试。故事的矛盾冲突就来自阿米娜想招收玛依拉而艾买提反对。在艾买提知道阿米娜身世之后,矛盾冲突就化解了,艾买提希望玛依拉成为像阿米娜一样的演员。阿米娜在寻找歌舞团演员的过程中一直不忘寻找自己的女儿玛依拉,而面前同名的少女总让她感到有种内心深处的震荡。阿米娜执着地寻找玛依拉不仅是因惜才,而且掺杂着她对女儿的思念。

影片在阿米娜追寻玛依拉的过程中,营造了一种"空山不见人,但闻人语响"的意境。在山谷,阿米娜在澄澈的湖水前第一次听到玛依拉的歌声。远处的山里只能看到几个模糊的身影,但是清脆动听的声音却在阿米娜与观众耳边回荡。观众与阿米娜一样好奇,这优美的声音究竟来自何处?是那个"夜莺"玛依拉吗?当伊明自告奋勇去寻找玛依拉的时候,她在山里听到一阵欢快的歌声,却不料找错了人,找到了另外一位也叫玛依拉的姑娘,阿米娜与她执着寻找的玛依拉又错过了。阿米娜在巴扎上又听到了熟悉歌声,她终于看到了身着黑色连衣裙的少女,想去寻找却没来得及。一日清晨,阿米娜被一段摇篮曲吸引,这段轻柔的声音终于引领她来到了玛依拉面前,她执着寻找的少女终于出现了。这一波三折的剧情,令观众好奇又紧张,随着故事的推进一步一步走入了核心。阿米娜口中能歌善舞的玛依拉终于在千呼万唤中,揭开那神秘的面纱,在众人面前一展歌喉舞技。

电影在叙述阿米娜寻找玛依拉的过程中,又穿插了歌舞团招生的情节,丰富了剧情,使整条线索更加完整。招收团员期间安排的众多事件,给阿米娜人物的塑造提供了更大的空间。寻找过程的延展,也使更多优秀的新疆歌舞有了展示的空间。阿米娜在联欢会上表演的果园舞、山中少女表演的脚铃舞、考试现场热孜万老师表演的舞蹈,还有选手热西提演唱的歌剧《艾里甫与赛乃姆》唱段,穿插的舞蹈有时候推进了剧情,有时候又展示了独特迷人的新疆歌舞,呈现出不一样的人文气息。

为艺术献身的舞蹈家

《不当演员的姑娘》将镜头对准了经历过"文革"的新疆文艺工作者,力图展示在此之后,活跃在新疆文艺舞台上的文艺工作者忘我地为新疆文艺事业奋斗的盛况。

阿米娜在"文革"中被关进了"牛棚",与亲生女儿失散。后来,阿米娜又重回舞台,以精湛的舞蹈折服众人,但她始终无法忘记与她失散的女儿,苦苦地寻找她的下落。在执着追寻的背后,我们看到的是一个在经历苦难过后,依旧以极大的热情投入舞蹈事业的艺术家阿米娜。从她对美好声音的不放弃以及寻找新一代艺术者的迫切心情中,我们感受到了她对舞蹈事业深切的热爱与责任感。导演"用自己对艺术家们的全部敬意和爱在分镜头剧本里塑造这个优美的艺术形象"①。

在电影中,阿米娜12岁时从喀什去乌鲁木齐当演员。24岁时,她的丈夫去世,为了舞蹈事业,阿米娜带着1岁的女儿拼搏,终于成了著名的演员,在全国享有盛誉。可惜"文革"期间,她被关进了"牛棚"。阿米娜临走前抱着年幼的玛依拉,跌进了沉沉的梦里。在梦中她似乎又回到了当年的舞台,不论是维吾尔族舞蹈,还是哈萨克族舞蹈、傣族舞或者印度舞,她都能驾轻就熟。"文革"期间,身怀才能的阿米娜只能在"牛棚"里度日,也是在那期间她被迫与亲生女儿玛依拉分离。可是在那之后,阿米娜并没有消沉下去,而是又全身心地投入了舞蹈事业。阿米娜在林场联欢会上因玛依拉的离开而晕倒,可是在第二天,我们又看到充满活力的她在考核学员。阿米娜在挑选团员、培养舞蹈新人时,始终以歌舞团的未来为重。虽然她执着地寻找玛依拉,但她从来不放弃其他有才能的人。伊明为了找到玛依拉,从报名考试的人中仅挑选出叫玛依拉的少女,却赶走了其他的人。阿米娜见到后,斥责了伊明,要求他将其余的人全部请回来。努尔问道:"地上的小草到处都是,你能一棵棵去扶植它?"阿米娜回答道:"二十年前你我不都是小草么?现在轮到我们来育苗了,难道你不希望每棵幼苗都开花结果么?"

但是阿米娜并不仅仅是一个以舞蹈为重的事业女强人。影片在塑造这个人物的时候,并没有将她当作一个仅为事业付出一切的典型人物,而是在她的坚强执着之中,融入了一丝柔情。阿米娜内心最牵挂的莫过于自己失散多年的女儿。阿米娜将自己的情感与哀伤深深地埋藏在内心,从不在工作中表露半分,也只有默默地仰慕、关爱着阿米娜的努尔才能发现她眼中的忧伤。他说道:"夜莺为别人呼唤春天,可自己却缺乏温暖。"其实阿米娜对这个世界始终是抱有一丝温柔的,她以热情回应自己挚爱的舞蹈事业,也以温柔对待舞蹈新人。影片塑造了一个刚劲与柔美并重、有血有肉的舞蹈家。

---

① 广春兰:《努力塑造少数民族的动人形象——〈不当演员的姑娘〉导演总结》,《电影通讯》,1984年第2期。

阿米娜在经历过悲惨的人生遭遇之后,仍然怀着对世界的温柔与关爱。她将自己的全部生命投入了舞蹈,以一份赤诚之心换得了对人生世事的体悟。

玛依拉是一位带着清新气息的少女。在一片葱郁的山间,她身着红衣,手持花环,伴着爽朗的笑声出场,她优美的舞姿与身后的蓝天、脚下的草地相融。她热情奔放、开朗聪明。虽然父亲阻止她当演员,但是她却从来不埋怨父亲。看到父亲伤心的面容,她也下定决心不去当演员了,可是这始终无法阻挡她心中的渴望。考试前夕,她大胆出逃,在考试现场震惊四座。在哈萨克大草原上,她又不顾父亲的反对,留在了阿米娜身边。在歌舞团,众人都散去后,她依旧跟随音乐,练习自己的舞蹈。从玛依拉身上,我们似乎能发现她母亲年轻时的影子。她们热爱舞蹈,也更愿意花费时间,使自己的舞蹈达到极致完美。阿米娜与玛依拉,还有电影之外无数的艺术家,都凭借这种不懈努力的精神,做到了他们想做的事,成为了他们想成为的人,实现了他们的人生价值。

导演为了塑造剧中为艺术献身的舞蹈家角色,也是煞费苦心。改革开放

后的少数民族题材影片开始有意识地展现少数民族文化精神内涵,尤其是编导人员,大都开始有意识地使用优秀的民族演员本色演出。饰演阿米娜的演员是新疆歌舞团舞蹈演员热依罕。热依罕对电影表演完全陌生,但她在导演的循循善诱下,逐渐找到了阿米娜的感觉,在表演中超常发挥。

从阿米娜与玛依拉身上,我们发现了一份对舞蹈事业执着的精神。相信许多舞蹈家也是如此,都会为自己热爱的舞蹈艺术付出自己的一生。影片即以此为主旨,致敬众多献身事业的舞蹈艺术家。

舞蹈与新疆本土电影

歌舞故事片《不当演员的姑娘》借鉴了大量新疆歌舞的元素,新疆歌舞与电影情节在这里巧妙地结合起来,不仅丰富了剧情,而且使舞蹈在电影中大放光彩。

80 年代的少数民族题材影片将镜头对准少数民族文化,力图挖掘其中的文化内涵。新疆特色的传统音乐与舞蹈,极具地域特色的文化,并且是难以复制的,自然会成为重点关照的对象。本片导演广春兰自幼就很迷恋新疆歌舞,她说:"如何把歌舞变成影片内容的有机组成部分,成为刻画人物性格、推动情节发展的强有力的内心和外部节奏,这是我在这部影片中努力探索的新课题。"① 而导演在电影中也克服了这个难题,将新疆歌舞与故事情节有机地联系起来,歌舞不但不影响剧情的发展,反而推动了剧情。影片中有三场精妙绝伦的舞蹈令人印象深刻。

一是阿米娜在林场联欢会上跳的《欢乐果园舞》。阿米娜来林场前,碰巧在山谷里初闻玛依拉悠扬的歌声,想寻找却无果。阿米娜为了吸引更多的人来参加歌舞团,提议搞一个联欢会,并且自己要亲自上阵演出节目。夜色下,阿米娜一身绿色舞衣,在场中翩翩起舞。在看到自己要寻找的玛依拉来参加

---

① 广春兰:《努力塑造少数民族的动人形象——〈不当演员的姑娘〉导演总结》,载《电影通讯》,1984 年第 2 期。

联欢会时,她喜上眉梢,更加兴奋地旋转在舞场中。可是在玛依拉被父亲拉走后,阿米娜怅然若失,激动的心情一下跌到了谷底,于是在旋转中晕倒。阿米娜见到玛依拉时,她热情的舞姿配合欢快的鼓点,表现出她看到玛依拉激动兴奋的心情。而玛依拉走后,阿米娜的舞姿转变为在场中寻找玛依拉的身影,最终却无果。这场舞蹈不仅揭示了阿米娜与玛依拉之间的微妙关系,也给人物的命运留下了悬念。从电影中我们可以看出这场舞蹈中的情绪、动作、节奏、唱词都是围绕着阿米娜寻找玛依拉的主题来编排的。只有将有主题且和电影内容有关联、能表达人物内心的舞蹈放在故事片里才能为影片锦上添花,否则只能是一幕打乱剧情和观众体验的背景。

其次是玛依拉在考试的时候即兴发挥的《艾里甫与赛乃姆》选段。这是电影中最具戏剧化的一幕,也是最令人称道的一幕。歌舞团考试的当天,众人都热闹地围观考试,玛依拉却独自在家寂寞地绣花。在伊明的帮助和鼓励下,玛依拉偷偷跑出家去参加考试。不料父亲紧随其后,也追到了考场。正巧,有人正在唱歌剧《艾里甫与赛乃姆》选段,热孜万老师灵机一动,将玛依拉打扮成歌剧中的赛乃姆,披着面纱即兴与男歌手合唱了一段。玛依拉灵动的歌声与优美的舞姿得到了全考场人员的赞扬。这场舞蹈将电影推向了矛盾的中心,也使电影达到了一个小高潮。导演在拍这场戏时也遭到了质疑的声音,原因是维吾尔族的歌舞有自己的规矩与界限,借歌剧编舞是有风险的,如果处理不好就会遭到维吾尔族同胞的反对。但是,维吾尔族同事观看过剪辑的样片后却十分赞赏。如何将经典的歌舞剧融合进电影这种新形式里,是许多少数民族电影都面临的问题。观众既会反对不尊重经典、浮夸和面目全非的改编,又会在经典剧目上有所期待,希望能看到不一样的东西。观众的这种心理就要求导演在经典与改编之间找到平衡点,并且需要展现出导演的能力。庆幸的是,广春兰导演在这一段歌舞中,以极高的功力满足了观众的心愿。

影片结尾呈现的大型舞剧《明月》是全片的高潮。玛依拉进入歌舞团之后,凭着一股韧劲熬夜训练,终于得到了在大型舞剧《明月》中与阿米娜扮演母女的机会。玛依拉在演出前换上了母亲生前留给她的舞鞋,怀着激动的心情走上了舞台。在舞剧中,阿米娜扮演的母亲能歌善舞,但她似乎在寻找着什么。玛依拉扮演的女儿天真活泼,在绿色衣裙的少女间欢快歌舞,令人联想到玛依拉出场时在山间俏皮活泼的模样。一场舞毕,玛依拉在后台收到了父亲的信,父亲在信中说道:"玛依拉是你(阿米娜)女儿……收下你女儿玛依拉吧,愿她成为和你一样的舞蹈家。"玛依拉方才知道自己的身世。舞台上,阿米娜在忧伤的舞曲中诉说着对女儿的怀念。玛依拉终于在舞台上激动地喊出了"妈妈",观众无不被这一声呼喊深深地打动。这不仅是舞剧《明月》中母女的相逢,也是电影中阿米娜与玛依拉母女的相逢。

导演对编排这个场景时的要求十分明确,"调动一切手段,把这个舞剧变成美好感情的赞歌。一切为了玛依拉那一声'妈妈'——人类的强音"[①]。导演用繁琐的工作保证了舞剧能表现人物、故事情节,使舞剧能完美地镶嵌进整部电影里。虽然舞剧《明月》在电影中仅仅出现了几分钟,但是导演依旧在电影之外花费了许多工夫,做到了歌舞细节的极致。而且广春兰导演花力气将剧中所有的歌舞都吃透背会,甚至学会了唱,学会了跳。这种对电影一丝一毫都用心的态度,放在任何时代,都是值得敬仰的。

新疆的歌舞片还在摸索着属于它自己的道路。歌舞片不仅考验导演编剧的能力,更需要他们关于歌舞艺术的修养,因此对于导演来说,拍摄歌舞片实属不易。放眼印度宝莱坞,我们还与之相距甚远。新疆特色舞蹈的确是一块需要发现与打磨的宝钻,我们有理由期待新疆歌舞片的未来。

《不当演员的姑娘》满怀热情地歌颂舞蹈家生涯,塑造歌舞演员美好心灵。电影以其扣人心弦的叙事方式,以及与电影完美融合的精彩舞蹈吸引了众多观众,获得了众多好评。一部好电影与导演及全剧组人员的用心分不开。新疆女导演广春兰向我们证明了,只有对电影拥有至高的诚意,才会拍出对得起自己、对得起观众的影片。

---

① 广春兰:《努力塑造少数民族的动人形象——〈不当演员的姑娘〉导演总结》,载《电影通讯》,1984年第2期。

精彩链接：

《不当演员的姑娘》导演漫谈：

"粉碎'四人帮'以后，新疆的文艺舞台和全国一样，当时许多中老年的艺术家们走出牛棚，重新回到舞台上，为社会主义文艺舞台的繁荣辛勤劳动，贡献聪明才智。他们在积极恢复和创作新节目、满足各族群众饥渴的同时，满怀豪情，为事业的未来、为几乎丧失生命力的文艺舞台输送新鲜血液，为发现和培养接班人呕心沥血、鞠躬尽瘁。我们的影片是要在银幕上拉开新疆歌舞的烂漫画卷，让人们看到活跃在祖国西陲边境文艺舞台上的少数民族文艺工作者，为迎接祖国美好的文艺春天，是怎样进行着忘我的奋斗。"

"阿米娜的扮演者热依汗是新疆歌舞团的演员，有着和阿米娜相似的经历。在拍《幸福之歌》时，她这个舞蹈家甘心跳群舞和有一双传神的眼睛给我留下了深刻的印象。她有着阿米娜所需要的刚劲柔美的气质和娴熟精湛的舞蹈技巧，但却缺乏表演能力。由于她长期从事舞蹈艺术，对电影表演完全陌生，有同志担心她会'砸锅'。但我不气馁，通过排练看到，只要经过启发使她理解之后排出的戏，总是极其真挚，没有丝毫虚假。同时还发现她有良好的保持情绪的能力，戏一旦排出来了就不会再丧失。在排练她舞中做戏、戏中有舞的重场戏时，她常常表现出一种特殊的激情，非常有魅力。这些闪闪的火花，使我对她的表演充满了信心。"

"结尾的大型舞剧《明月》，是全片的高潮，也是舞剧的高潮，这是这部影片的特点。编这个舞剧时，我的要求非常明确：调动一切手段，把这个舞剧变成美好感情的赞歌。一切为了玛依拉那一声喊'妈妈'——人类的强音。为编拍、剪辑合成这个舞剧，我们反反复复做了大量工作。首先把舞剧内容分成四段，请作曲按要求写曲，录制工作声带，用工作声带编排舞蹈，然后按分镜头对音乐舞蹈进行裁剪，理出合乎剧情的舞剧

不当演员的姑娘

情节,进行排戏。拍摄时按镜头拍,样片剪辑后再正式录音,这样,工作程序看起来繁琐,但保证了舞剧表现人物、情节,成为整个影片的有机组成部分。"

——广春兰《努力塑造少数民族的动人形象——〈不当演员的姑娘〉导演总结》

爱情的挽歌

——《美人之死》

导演:广春兰

编剧:广春兰　段宝珊

主演:古扎丽努尔　木拉丁　梅丽古丽　胡尔西德　沙比尔　安尼瓦尔
　　　阿甫日丽　居来提

出品:天山电影制片厂

年份:1986

美人之死

故事梗概：

故事发生在新疆南部美丽的叶尔羌河畔。一座维吾尔城堡式庄园中，艾山巴依的小姐玛丽亚姆走出阁楼，倾慕她的表哥艾力突然出现。小姐揭开面纱，艾力惊恐地叫着"魔鬼"，发了疯。原来两年前艾山巴依病危，留下遗嘱：若他去世，将由玛丽亚姆小姐继承财产。小姐的后母拉拉古丽为此惴惴不安，遂伙同管家制造火灾让玛丽亚姆毁了容。从此玛丽亚姆小姐偏居古堡阁楼，再未露面，而拉拉古丽从此掌控了古堡的一切。艾山巴依老爷对此毫无办法，也只能为女儿找了一位美丽善良的女仆帕丽达来陪伴女儿。在古尔邦节期间，尤努斯王爷带着独子凯撒尔王子来艾山巴依家做客，凯撒尔王子意外发现蒙着面纱的玛丽亚姆小姐是他五年前在天鹅湖打猎时认识的姑娘，决意实现当年的诺言娶她为妻，并让父亲尽快提亲。艾山巴依为了不得罪尤努斯王爷，听从了拉拉古丽的诡计，让帕丽达作为女儿的替身嫁给凯撒尔王子，同时拉拉古丽以避暑为由将玛丽亚姆送到了沙漠风城。帕丽达出嫁前夕，奶娘热依汗告诉了她古堡的秘密，她决心以死相拼，服毒后将事情的真相告诉了凯撒尔王子。几经周折，凯撒尔王子终于在风城中找到了已坠楼而死的玛丽亚姆小姐，夕阳下，凯撒尔王子抱着玛丽亚姆小姐的遗体走向沙漠深处，而拉拉古丽也在一片火海的古堡中化为灰烬。

《美人之死》是一部关于维吾尔族古典题材的影片，也是一部动人心魄的爱情悲剧。影片部分情节取材于俄罗斯小说《古堡美人》及冯万里的小说《喀什美人》，并融入了很多维吾尔族民间传说的元素，充满了神秘传奇的色彩。影片中展示的古堡、沙漠等元素呈现出西域特有的、古朴的历史传奇性和荒凉感，散发着一股沁人心脾的西部历史美的芬芳。

该片曾参加埃及中国电影周和第11届开罗国际电影节，深受当地人民的喜欢。

美与丑的无情搏斗

"'美人之死',这个流传很广的古老民间传说故事发生在新疆南部美丽的叶尔羌河畔,那是生息在那里的中国维吾尔族人民悠久历史长河中的一段不朽岁月,一段美与丑无情搏斗的闪光年代。"影片开始的这段画外音解说点明了这段故事的时间、地点以及主题,似乎在娓娓道来一个悠远而古老的故事。解说完毕,昏黑的天空中大而明亮的月亮渐渐被乌云遮住,故事也由此拉开序幕。这部影片讲述了一段美与丑无情搏斗的故事,一段美被毁灭、丑恶最终亦被覆灭的故事。

影片的女主角玛丽亚姆小姐是艾山巴依的长女,有着如花似玉的美貌,能歌善舞,还会弹琴。14岁的玛丽亚姆在盛夏去天鹅湖畔避暑的时候,遇上了英俊潇洒的凯撒尔王子,很快两人被对方的才情所吸引,凯撒尔王子许诺玛丽亚姆长大后若能成为一个美丽善良的姑娘,就会来迎娶她,并在离开时送给她一束鲜花,以表情意。彼时,他们的爱情就如同天鹅湖中尽情嬉戏的天鹅一般纯洁。然而几年后,玛丽亚姆小姐却因为得到了古堡的继承权而被后母陷害至毁容,并受控于后母,偏居古堡阁楼,此后她便尘封了自己的心。从国外留学归来的凯撒尔王子到了适婚年龄,尽管家里人为他介绍了无数美貌的女子,但他仍然只惦记着那年问他"舞蹈美不美"的那个单纯、可爱、会跳舞的名叫玛丽亚姆的姑娘。当凯撒尔去艾山巴依家做客时,他无意间发现巴依家小姐便是玛丽亚姆,便想方设法地向玛丽亚姆表明心意,实现当年的诺言。尽管玛丽亚姆百般躲避,声称自己是魔鬼,已经死了,没有脸再见凯撒尔,但凯撒尔王子仍然坚定地向心爱的人吐露真情,并劝说玛丽亚姆相信纯真的爱情只会使她的容貌更加动人,相信他会让她成为世界上最幸福的妻子。当最后凯撒尔王子得知玛丽亚姆小姐被毁容的真相后,他毅然踏上前往沙漠风城之路,去寻找自己的爱人。然而善良的玛丽亚姆小姐却不愿拖累凯撒尔,她身着一袭白色纱裙,戴着当年两人初见时凯撒尔送她的金色纱巾,手

美人之死

捧大束白色的花儿,从城楼上跳下,以最纯洁、最美好的姿态去祭奠这份想要却不能得的爱情。凯撒尔王子从风尘中赶来,看到躺在花束中的玛丽亚姆的遗体,耳畔响起初见时她那句"大哥,你还没说我的舞蹈美吗?",默默无言,脱下披风,摘掉帽子和佩剑,抱着玛丽亚姆的遗体,迎着夕阳,向沙漠深处走去。

影片最触动人心的便是这两人的爱情。若不是为了再见凯撒尔王子一面,或许毁容后的玛丽亚姆小姐早已没了生活的希望,然而当真正看到当年心心念念的"大哥"寻她而来,即使面对自己毁容的真相也像勇士一样排除万难去解救她的时候,她的内心既欣喜又难过。她固然深爱着凯撒尔王子,但已然被毁坏的容貌只能给凯撒尔带来麻烦,还可能让凯撒尔像表哥艾力那样发疯,与其如此,不如留下自己最好的一面然后离开他,至少他心中会记着他们初见时的美好。而从国外留学归来、有着雄鹰般志向的凯撒尔王子在得知玛丽亚姆被毁容的真相后大可将当年的许诺当作一句玩笑话,以他的地位完全有更多美貌的女子可供选择,但他却只身奔赴荒无人烟的风城,追寻自己的爱人。两人都是为了爱情奋不顾身的人,但最终却落得玛丽亚姆容貌被毁、为爱自尽,凯撒尔失去爱人、心痛不已的结局,却是为何?

古希腊哲学家认为,悲剧往往能表现崇高、悲壮、宏伟的内容,悲剧的主人公往往是社会地位较高的人,他们由于自身性格或其他原因从高位跌落的过程往往能带来震撼人心的力量。影片中,玛丽亚姆小姐和凯撒尔王子一个是巴依家的小姐,一个是亲王家的王子,身份均十分尊贵,两人对待爱情也都是单纯而热烈的,两家联姻本门当户对,还可以成就一段美满的佳话,然而却被私欲膨胀的小人陷害,使得玛丽亚姆小姐毁容自尽,原本美好的爱情也由此毁于一旦。影片正是通过这样的情节设计,给观众带来震撼人心的悲剧力量。

至于影片中私欲膨胀的小人,自然便是玛丽亚姆小姐的后母黑衣女人拉拉古丽和管家吐尔逊了。拉拉古丽15岁的时候被艾山老爷从国外带来做玛丽亚姆小姐母亲的贴身仆人,玛丽亚姆小姐3岁的时候母亲死去,拉拉古丽便替代其母成为了古堡的女主人,也成了玛丽亚姆小姐的后母。至于拉拉古丽是否为了上位陷害玛丽亚姆小姐的母亲,我们无从得知。但她上位后却并不满足,勾结管家吐尔逊,试图有一天掌控整个古堡。为了达到这个目的,她首先用卑劣的手段毁掉了玛丽亚姆小姐花儿般的容貌,随后将她关在偏院阁楼中控制她的人身自由,后来当尤努斯王爷来提亲的时候又将她送往全是白骨、野尸的沙漠风城少女国,害死知道真相的奶娘热依汗,让仆人帕丽达代替玛丽亚姆出嫁。此目的一旦达成,古堡里除了没有主见、常年患病的艾山巴依老爷外,再无可以与其对抗之人,她便可顺利坐拥古堡,成为古堡真正的主人。然而这样丧尽天良、做尽坏事的魔鬼自己也是备受良心拷问。影片最后拉拉古丽孤身行走进古堡正厅,望着这个她不择手段想要得到的古堡,听着不知从哪里传来"魔鬼,魔鬼……"的叫声的时候,哈哈大笑,她终于坐上了梦寐以求的古堡主人的位置,但那一刻或许她并没有成就感,有的只是孤独与恐惧。当一直陪伴她的那只不安分的黑猫打翻烛台的时候,她平静地等待着葬身于火海。

影片中艾力表哥发疯后,他便会时不时地出现并大叫"魔鬼",玛丽亚姆小姐一直认为毁容后的自己是"魔鬼",因为她只要揭开面纱便会吓坏别人,

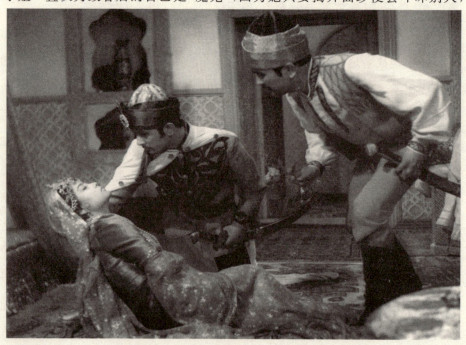

其实不然,真正的"魔鬼"正是黑衣女人拉拉古丽和吐尔逊,毁人容貌、草菅人命,为了私欲不择手段。影片中玛丽亚姆小姐的女仆帕丽达、奶娘热依汗,凯撒尔王子的仆人瓦力都是守护正义、忠心护主之人,热依汗面临被害的处境将古堡的秘密告诉帕丽达,帕丽达以死相拼对凯撒尔王子说出真相,瓦力在追随凯撒尔王子前去风城少女国的路上为护主而死,虽然他们结局凄惨,但他们与丧心病狂的魔鬼搏斗的精神却体现了人性的高贵。

影片结局,丑恶的力量虽然得到了应有的惩罚,拉拉古丽葬身于火海,但一切善与美的力量都被毁灭了,让人震撼,也让人叹惋。也许这就是为什么"那个罪恶的日日夜夜过去了很久,但人们一直传说着这个悲惨的故事"的原因。

西域神秘元素的精心设计

影片导演广春兰曾坦言:"拍摄这部电影的契机在于我看到了很多古城堡的遗迹……心里强烈萌生了拍一部历史题材的美丽故事的想法。"由此可见,正是新疆独特的西部风情激发了广春兰导演的创作热情。在一次访谈中,提及《美人之死》,广春兰也谈道:"我这部影片强调神秘色彩,要变成西部神话。神秘感是我一直在新疆电影中所追求的,就是现代题材中我也希望有一些神秘感,少数民族本身就有一些东方神秘的东西,新疆的魅力之一就是神秘感。"①影片中茫茫的沙漠、别致的古堡、扣人心弦的情节、维吾尔族的各色面纱及花帽、古典歌舞乐器等元素都为影片营造出了浓重的神秘感。

影片时间地点设定在16世纪的新疆南部的叶尔羌河畔,当时正值叶尔羌汗国统治时期,叶尔羌汗国是一个信奉伊斯兰教的王国,其主要居民均为维吾尔族人。统治期间维吾尔族的文化取得了相当的成就,"察合台文学"的创作十分活跃,著名音乐《木卡姆》在这一时期被整理定型,重要的历史文献

---

① 周夏:《广春兰访谈录》,载《当代电影》,2014年第9期。

《中亚蒙兀儿史—拉失德史》和《编年史》出现,后期"苏菲文学"统治时期出现了大量神秘主义著作和圣徒传记。这本身就是一个充满神秘感、让人浮想联翩的题材。为了更好地营造这种氛围,展现这一时期的风土人情,影片无论是在故事本身的情节叙事还是在美工造型设计上都颇费苦心。

首先,影片场景、人物造型、色彩等方面的设计充满了异域风情。为了使这部影片的场景设计有真实感,剧组花费重金搭建了我们在影片中见到的这座古堡。搭建古堡的地点选在南疆军区的大院,条件很差,工作量也很大,加之当年喀什地区气象反常,3月仍被阴沉寒冷的天气所笼罩,影片的外景拍摄迟迟无法进行,幸亏剧组得到了当地解放军的帮助,气象局为剧组提供了天气预报并帮助安排拍摄日程,古堡才得以建成,影片拍摄才得以顺利进行。而古堡的整体造型和内部的房间设计是参照很多埃及古书设计的,后来影片参加开罗国际电影节,很多埃及人看完这部电影后认为这部影片是在埃及拍的,说他们有个城堡跟影片中的一模一样,导演广春兰应邀参观城堡,发现真的是一样的。正是影片对场景设计细致真实的追求,才使得我们憧憬期待的美丽的伊斯兰古典建筑得以还原,而且这位电影的美工高峰后来也成为天山电影制片厂的著名导演。

人物造型设计上,影片很好地将艺术性与真实性结合了起来,影片为人物的外在造型赋予了一些神话的色彩,也很好地把握了人物的内在心理。如影片中拉拉古丽的造型设计就十分符合其角色设定,拉拉古丽是作为一个心狠手辣的蛇蝎美人的角色在影片中出现的,她虽然相貌美丽却时时穿着紫色、黑色等深色的衣服,抱着一只黑色的猫,从视觉上就给人压迫感和恐怖感,符合魔鬼的风格与身份。再如对凯撒尔王子这个人物的塑造十分形象,凯萨尔是一个忧郁而脆弱的王子,他常常弹着琴流泪,但当他一旦遇到心爱的人的时候,就变得异常坚定而勇敢,他不顾尊贵的身份翻墙去见玛丽亚姆,即使得知真相也赶往沙漠追寻玛丽亚姆。影片结尾当他身着披风、佩戴刀剑、骑着马儿去救自己心爱的人的时候,俨然是一位勇士,他的一切行为均十分符合其心理。

影片对玛丽亚姆小姐毁容后的心理状态表现得也非常好。玛丽亚姆小姐作为艾山巴依的长女原本无忧无虑,然而却遭遇祸患以致毁容,她内心的痛苦可想而知,于是她独居阁楼,只留奶娘热依汗服侍,日夜不摘面纱,用黑布蒙上了房屋中的镜子,可见她在心理上其实无法接受也不愿让他人知道自己被毁容这一事实。为了表现玛丽亚姆小姐毁容后心理压抑、身受控制的生活,影片中凡是在玛丽亚姆小姐阁楼中拍摄的场景,大部分都是黑夜,这正表明玛丽亚姆小姐的生活也是如此暗无天日。影片还通过人物动作设计恰到好处地展现了玛丽亚姆小姐受伤的心理,当艾力表哥见到她真容大叫"魔鬼"时,她捂着脸大叫而后无力地扶着墙进了房间,被打雷惊吓的时候她害怕地在地上打滚,凯撒尔王子对她吐露真情一定要她揭掉面纱的时候她紧紧地捂着面纱四处躲避。也许在观看影片的时候我们会觉得这样的动作设计略显夸张,但这却恰恰展现出了玛丽亚姆小姐受伤的心理,也让观众产生了疑问,到底是什么原因让尊贵的玛丽亚姆小姐变成了这样子?

其次,影片叙述过程中悬念的制造让整部影片充满了神秘感。影片并没有在一开始就揭露古堡的秘密——玛丽亚姆小姐毁容的原因,而是通过表哥艾力深夜被玛丽亚姆面容吓疯,黑衣女人拉拉古丽与管家吐尔逊幽会这两个场景奠定了整部影片恐怖、神秘的基调,也为观众制造了悬念,这个富丽堂皇的古堡中究竟隐藏了怎样的秘密?这位身材修长、亭亭玉立的美丽小姐究竟遭遇过怎样的灾难?之后,影片在管家为玛丽亚姆小姐寻找女仆的过程中带出了凯撒尔王子,其父母为其寻遍城中美貌的女子,但均被他看也不看便拒绝,观众由此又产生了疑问,这位年轻英俊、地位高贵的王子为何迟迟不婚娶?他心中爱慕的女子究竟是怎样的人?此后影片虽制造了凯撒尔王子与玛丽亚姆小姐相遇的巧合,让两人相认,但观众却依旧不知道小姐毁容的原因。直到影片最后,热依汗奶娘在被拉拉古丽迫害致死前才吐露了真相,揭开了古堡最大的秘密,却又带给观众另一个悬念——凯撒尔王子如何知道这个秘密?知道真相的他将作何反应?影片就是通过不断地设置悬念来引领剧情发展,让观众时刻处于紧张的氛围中,并融入到影片的剧情发展中来。

影片中维吾尔族宗教和生活习俗的展现也带来了神秘感。影片演员全部是维吾尔族本民族演员,因此对本民族的历史也有特殊的感情,表演的时候更有带入感。叶尔羌汗国是信奉伊斯兰教的政权,因此我们可以看到影片中的女性几乎都戴着面纱。蒙面纱的起源是由于古代阿拉伯一带风沙大,蒙上面纱可以保护妇女的面部和防止落上尘土,有利于卫生。后来蒙面纱演变成宗教的规定,妇女除手脚外全身都是羞体,必须要戴上盖头和面纱,男子若窥见陌生女子的面容,是不吉利的事情。因此我们可以看到影片中的女性几乎都戴着各色的头巾和面纱,而由于金色又象征着富裕和高贵,所以凯撒尔王子在与玛丽亚姆小姐初见的时候送给了她一条金色的头巾。影片中的古尔邦节(也称"库尔班节")是穆斯林最盛大的节日之一,通常这一天穆斯林们要精心装扮,宰杀牲口,邀请亲戚朋友前来做客,还要举办各种文艺活动。因此在影片中我们可以看到古尔邦节时,尤努斯王爷带着妻子和儿子前往艾山巴依家做客,艾山巴依也准备了各式水果和馓子等民族美食招待客人,吐尔逊管家还安排了乐队奏乐、姑娘们跳舞,一派节日氛围。而维吾尔族的民族乐器和民族歌舞也在影片中频频出现,维吾尔族乐器种类颇多,音色好,音质悦耳,被广泛使用的乐器有弹布尔、都塔尔、热瓦甫、达卜等等。影片中艾山巴依家的乐队人数众多,分工不同,这些乐器几乎都有出现,而凯撒尔王子和玛丽亚姆小姐常常使用的乐器琴杆细长,正是弹布尔。民族歌舞的展现则更不用说,凯撒尔王子和玛丽亚姆小姐初见时便是被双方美丽的舞姿相互深深吸引,在凯撒尔王子挑选婚配对象,玛丽亚姆小姐挑选女仆的时候,也一定都要女子跳一段舞才能据此挑选,可见歌舞对于维吾尔族来说是很重要的一项才艺。而无论影片中服饰、饮食、乐器、歌舞对于观众来说都是十分具有吸引力的,本民族的观众会产生共鸣,其他民族的观众则因为其远离自身生活而产生神秘感和浓厚的兴趣。

总而言之,《美人之死》是一部具有传奇性和神秘性的爱情悲剧,在争相表现新社会变化、展现新时代风貌的 80 年代,它是新疆电影人为拓宽新疆电影表现题材,追求高质量、高水平艺术水准的一种大胆尝试。

精彩链接：

影片导演访谈：

周夏：《美人之死》是一个神话传说，还是完全自己编的故事？

广春兰：俄罗斯原来有部小说，叫《古堡美人》。我们取材于此，但是已经将其改得面目全非了，完全改成了另外一个故事，只有"毁容"那一段是一样的。我当时就想拍一个古典的东西，维吾尔族的传说太多了。我想拍一系列维吾尔族的历史经典，比如说《阿玛尼莎罕》、《塔什瓦依》、《温尼欠姆》、《艾里甫与赛乃姆》，我这也算是练习一下，看自己的水平行不行，能不能驾驭。我们在南疆军区的大院冬天开始拍，高峰是美术主力军，平地搭景，什么都没有，量很大。我们搭景的时候解放军帮助特别大，南疆的劳工也非常便宜。

周夏：当时创作《美人之死》的时候，您是要特意加入一些恐怖神秘的元素吗？

广春兰：恐怖我还没想，就是加入一些神秘元素。我这部影片不强调恐怖，强调神秘色彩，要变成西部神话，神秘当中包括恐怖。神秘感是我一直在新疆电影中所追求的，就是现代题材中我也希望有一些神秘感。少数民族本身就有一些东方神秘的东西，新疆的魅力之一就是神秘感。

周夏：《美人之死》作为1989年开罗电影节开幕影片，反响还是很大的。

广春兰：对，《美人之死》是开罗电影节点名让我去的，整个开罗市都沸腾了。埃及人看完这个电影，非得说是在埃及拍的，说他们有个城堡和影片里是一样的，后来我去看了，还真是一样的，世界上竟有如此相像的。不过我当时读了好多埃及的古书，我和高峰设计的房间也是参考了埃及的古书，这是我和高峰合作的最辉煌的一部。

——周夏《广春兰访谈录》，载《当代电影》2014年第09期

身份错位的爱情是否有效
——《买买提外传》

编剧：广春兰、段宝珊

导演：广春兰

主演：阿孜古丽·热西提　木拉丁·阿不力米提　吐尔逊娜依·依不拉音江
　　　肖赫拉提　海孜古丽

出品：天山电影制片厂

年份：1987

买买提外传

故事梗概：

买买提是一个普通的卖烤羊肉串的个体户老板，他积极进取、热情乐观。一次恰逢好友希里甫结婚，他的未婚妻拜尼莎要求要有一个漂亮、文雅、能使婚礼有声有色的男傧相，于是买买提被希里甫改造成旅游局的翻译阿里木。婚礼如期举行，买买提在婚礼上充分发挥了他的才能，将婚礼的气氛营造得十分欢乐，并与拜尼莎的女傧相迪丽娜尔在舞蹈中产生了好感。此后，经过了一系列阴差阳错的有趣事件后，迪丽娜尔发现买买提就是阿里木，于是她向买买提表明心意：自己深爱阿里木，无论他如何变化，只要心不变，就永远爱他。买买提也为自己陈旧的门第观念懊悔不已，对迪丽娜尔说出了真相，最终两人终成眷属。

对新疆略有关注的人，对一个名字一定会很熟悉，她就是新疆天山电影制片厂一级导演广春兰。20世纪80年代，在既无传统电影题材可挖掘，又极度缺乏技术资源的天山脚下，她充分挖掘新疆本土的影像元素，拍摄了一系列反映改革开放后新疆少数民族青年生活的影片，而《买买提外传》可谓是这些影片中具有代表性的一部。即使现在再来观看这部电影，我们仍能被这部叙事结构精巧、喜剧元素丰富、充满正能量的影片而打动。

该片于1986、1987年获得国家广电部"优秀故事片奖"，1988年获得第八届中国电影金鸡奖特别奖，1994年获得全国少数民族题材电影"腾龙奖"故事片二等奖。

章回式的叙事结构

中国早期的喜剧电影，主要延续了闹剧和滑稽戏的风格，并不注重影片整体叙事与剧情的合理性，而追求技巧性的夸张表现和无逻辑的打闹来博得观众的笑声。这类影片处处可见奶油蛋糕和破鞋到处飞、警察脑袋朝下摔进泥水坑、汽车在马路上乱开和冲进房屋等打闹和追逐的滑稽场面。在当代喜剧影片中，这种以滑稽打闹而堆积笑料的喜剧片也时现其踪。

然而，一部高品质的喜剧电影的吸引力不仅仅在于其滑稽效果所带来的笑料，更注重编织缜密的故事情节，有因有果，有始有终，让观众感受到影片戏剧冲突所带来的喜剧效果。《买买提外传》正是这样一部叙事结构精巧、情节逻辑合理，却又能给观众带来轻松愉悦之感的爱情喜剧片。整部影片运用了章回式的叙事结构，即观众跟随主人公经历一系列冒险，情节有明确的"转折点"，叙事的核心凝聚力来自主人公本身，而非跌宕起伏的事件。影片以扮演双重身份的买买提与迪丽娜尔两位主人公之间的恋情发展为核心矛盾冲突，逐层展开叙事，推至高潮，叙事逻辑严密，有理有节。

影片第一个场景是拍摄该片的花絮，以一个横移镜头展示了片场拍片的实景，而后将镜头推向在观众席上对话的男女主角。"你说的是台词还是在问我？"男主角已然分不清是在现实中对话还是在对台词，这预示着影片中他要在真实存在的买买提与根本不存在的阿里木的虚实之间不停转换。最后男主角一句"好戏，好戏啊，真是好戏"预示着这部影片之后戏剧性的情节发展。片头的花絮，实质上已经是对整部影片情节发展走向的一个预告。

相貌姣好、歌喉优美的拜尼莎要与身材高挑、在旅游局当司机的希里甫结婚了。拜尼莎找来了舞蹈学院毕业、家境优越的迪丽娜尔当自己的女傧相，也要求希里甫能找一个漂亮、文雅、干净、利落、文质彬彬、有号召力、能使婚礼有声有色且有气氛的门当户对的知识分子来做男傧相。为了让小公主拜尼莎满意，希里甫不得不找到了热情向上、颇具才华的买买提，希望将买买提扮演成旅游局的翻译阿里木，以使婚礼能够顺利进行。一场好戏由此开始，买买提究竟会不会答应希里甫的请求？如若答应，买买提将如何处理好他的双重身份？这成为情节发展的关键。

希里甫家，买买提戏剧性地开始了扮演男傧相阿里木的戏。原本自惭形秽的买买提本不愿答应希里甫的请求，然而此时拜尼莎带着几位女友来到了希里甫家，这使希里甫感到紧张，一组交叉蒙太奇镜头下，混乱中买买提被希里甫强行改造成拜尼莎所要求的傧相形象，并以旅游局翻译阿里木的身份与拜尼莎及其女友相见，这场戏就此开幕。

婚礼上,买买提与迪丽娜尔酷炫的民族迪斯科带动了整个婚礼的气氛,两人也被对方的才华所深深吸引。婚礼后,买买提回归自己的餐厅卖烤肉,谁料迪丽娜尔家因宴客订了买买提餐厅250串烤肉,迪丽娜尔因要去催烤肉与买买提再次相见。这引起了迪丽娜尔的怀疑,送烤肉时迪丽娜尔的连连追问也使得买买提内心十分紧张。

第二次在希里甫家,因迪丽娜尔执着要见到阿里木,希里甫只好再次向买买提求助,希望他能够再次扮演阿里木。买买提提出了要对迪丽娜尔坦白的要求,他认为迪丽娜尔爱的是不存在的阿里木而非卖烤肉的买买提,希里甫反问:"如果迪丽娜尔知道阿里木是没有的,有的只是卖烤肉的买买提,她会怎样?""那她就是悲剧中的女主角。"买买提回答道。在这个"转折点"上,买买提与迪丽娜尔已然互生情愫,既然戏已经开始了,买买提就只好继续演下去,待两人谁都离不开谁时,自然水到渠成。

由此,买买提开始不断在两种身份之间转换,这种转换也带来了种种误会和尴尬。粘的胡子经常掉只能装牙疼、在医院错进女卫生间、约会时错穿女皮鞋等等桥段的巧合,使迪丽娜尔渐渐发现了买买提的真实身份。终于,一次买买提将夹有自己两种身份的照片的书落在迪丽娜尔家时,迪丽娜尔发现自己做了"受骗情人",并决定回敬买买提。

第三次在希里甫家,买买提听着迪丽娜尔的录音,再次决定坦白真相。希里甫一句"如果你知道如何把戏推向高潮,你就去吧"让买买提犹豫了,影片情节发展也在此被推向了高潮。买买提开始主动追求迪丽娜尔,就在前往天池的车上,他终于憋不住从车厢中跳出来向迪丽娜尔表白。

故事的结局显而易见,一个是热爱生活、积极进取、最终战胜旧观念的新青年,一个是受过高等教育,脑子里尽是新思想、新观念的新女性,二人都深深被对方的特质所吸引。最终,买买提冲破旧思想的桎梏,与迪丽娜尔结成伴侣。

《买买提外传》这部影片,实质上每一次情节发展和推进的"转折点",都是在希里甫家完成的。当每一次买买提因被质疑将要坦白真相时,希里甫都会将他说服使得情节继续发展下去。在买买提与迪丽娜尔两人感情升温这条主线发展的同时,另有两条辅线也在随之变化发展,即希里甫与拜尼莎经历了筹备结婚、举办婚礼、拜尼莎怀孕的过程,红玫瑰餐厅的店员亚森与古丽娜也经历了亚森追求古丽娜、两人频频约会、两人感情发展成熟的过程。两条辅线的加入,不但没有干扰到主线的发展,而且为整部影片提供了不少的笑料,使得影片叙事井然有序却又生动活泼。

喜剧元素的合理搭配

《买买提外传》这部电影之所以能让一个原本普通的爱情故事产生一波三折、轻松欢快的喜剧效果,除了在叙事结构上的精巧构思,还离不开导演在影片中所设置的丰富的喜剧因素,包括人物形象、人物语言、影片情节、镜头语言、喜剧情境等方面的精心设计,都为营造喜剧效果起到了重要的作用。

影片中买买提扮演阿里木这一身份的移置,使得买买提常常要在两种身份间互换。迪丽娜尔对买买提不同身份的未知,与观众作为局外者的全知,

使得买买提在观众面前常常暴露出无可奈何的种种慌乱和尴尬,风趣诙谐的喜剧效果在这种不断变换身份间得以展示。很多类似的情节在影片中一再出现,也产生了一些滑稽和幽默的效果。如为了扮演有知识有文化的翻译阿里木,买买提不得不应希里甫要求在说话的时候多说"反正、当然、既然"这样的转折词,买买提处于不同身份时每一次对这些词的重复使用,都会使人发笑,也使得迪丽娜尔对两种身份的真实性产生了怀疑。这样的重复和强调不仅没有使情节涣散,反而增加了笑点的密度。

身份的不断变换也使得买买提的语言和动作出现矛盾和不和谐的状况。为了不让迪丽娜尔识别出自己就是扮演旅游局翻译的阿里木,买买提不得不粘上假胡子,然而假胡子却总出状况,在迪丽娜尔做客烤肉摊时不时地掉落,此时为了不露馅,买买提不得不以牙疼作为掩饰。在迪丽娜尔家吃瓜的时候,买买提的假胡子再次掉落,他不得不再次以牙疼为由离开,慌乱中还将自己的书和照片落在了迪丽娜尔家。再如在雪莲宾馆时,买买提与迪丽娜尔相见前,买买提在卫生间换装时发现店员将皮鞋错买成了女鞋,他借鞋不成只得穿着女鞋与迪丽娜尔相见,两人对话的时候买买提表面上要装作淡定文雅,但实际上他的脚早已无法忍受小号的女高跟鞋,只得踩在脚边的砖上。

除男女主角买买提和迪丽娜尔之外,影片还设置了多个性格迥异、形象多样的人物。不得不提起的是引发换装风波的拜尼莎与希里甫夫妇。这二人无论在造型设计上还是在性格上都存在着极大的差异,这种人物之间的反差也是喜剧中常见的。首先两人身高形成了较大的反差,拜尼莎娇小而希里甫瘦高,影片开始希里甫去接拜尼莎,下车时有人一句"大个开小车啊"就让人忍俊不禁。之后拜尼莎崴了脚,抱怨希里甫个子高使得自己不得不整天穿高跟鞋,两人对话时,镜头对着拜尼莎说话时希里甫只露出了半身及肩膀,使得两人身高差一目了然。婚礼现场,希里甫朋友所赠送的希里甫弯腰与拜尼莎接吻的图片更是带来了强烈的喜剧效果。性格上,小公主拜尼莎喜欢较真,在两人爱情中占据着主导地位,而希里甫幽默、风趣、活泼,时时遵从拜尼莎的吩咐，因此在相处的过程中，拜尼莎常常因小事生气，而希里甫则总在拜尼莎生气时逗她开心，两人性格上的差异和互补反而引发了强烈的喜剧效果。

影片的一些对白设计颇为精妙，将形式与内涵巧妙地融合了起来，收到了饶有趣味的效果。如买买提在卖烤肉的时候招揽顾客的台词——"快来啊，快来啊，鲜嫩的烤羊肉，既解馋又解饿，再配一瓶啤酒，胜过面包加咖啡"。这句台词一语双关，既夸赞了自己的烤羊肉美味，也从侧面表达了祖国好、新疆好的思想。再如买买提被"改造"成温文尔雅的阿里木后，他多次对着镜子说"怪物，怪物"，这显示出阿里木的形象、地位与其本身差异较大，是买买提本身就不认可的，而最后当迪丽娜尔发现阿里木就是买买提的时候，嗔怪道："我可真做了你们两个的'受骗情人'。""受骗情人"一词巧妙、准确地说明了迪丽娜尔的处境，也传达出了迪丽娜尔对受骗一事的情感态度。

节奏对喜剧电影的重要性是不言而喻的，节奏快慢的把握对影片的风格及情感表达都具有一定的影响，观众在心理上也会由此受到感染。影片对节奏的处理也不乏精彩之处。在买买提发动店员去市场为其购买阿里木的一套行装这一场戏中，为了表现事件的紧急程度，店员们的动作速度明显加快，背景音乐也十分欢快，场景动感十足，期间一位员工因为着急甚至将鞋子错拿成了女鞋，这也为之后买买提见迪丽娜尔时的尴尬埋下了伏笔。而在迪丽娜尔做梦那一场戏中，影片节奏明显放慢，梦中迪丽娜尔与买买提欢乐地跳着舞，周围的宾客凝神观看，纷纷鼓掌，随即也加入他们的舞蹈，后来迪丽娜尔对着圆顶的大厅说道："太壮观了，一切都是圆的"，买买提也回答道"我们俩也圆满了"。此时影片节奏放慢，一方面是为了区分梦境与现实的不同，另一方面传达出了迪丽娜尔内心对买买提最真实的感情。

影片中这些喜剧元素的搭配运用，创造出了一幕幕滑稽生动又富有意趣的喜剧场景，为影片营造出了轻松、愉悦、欢乐的氛围。

时代精神的鲜明表达

1981年,从北京电影学院导演系毕业的广春兰在南京电影厂积累了丰富的经验后,被借调到天山电影制片厂。此后她拍摄了多部反映新时期新疆少数民族青年生活的影片,而其中的代表作《买买提外传》于1987年拍摄完成,当时正是改革开放的中期。

广春兰主张:"妈妈头上有疮疤,也有一双漂亮的眼睛,我要表现的就是妈妈的漂亮眼睛。我不会拨开头发给大家看妈妈的疮疤。疮疤是给医生看的,那不是文艺界的任务。我要拨开少数民族神秘的面纱,让人看到它的美丽。"[①]

鉴于当时一些文艺节目抹黑新疆烤肉摊的现象,广春兰积极挖掘新疆本土少数民族影视与文化资源,紧紧抓住时代变革的契机,大胆起用新演员,力求树立少数民族积极进取的形象,拍摄了这部既具思想性、又不乏娱乐性的反映了改革开放潮流中边疆少数民族现实生活的喜剧片。

影片展现的生活场景就设定在80年代的新疆首府乌鲁木齐,马路上疾速行驶的汽车与摩托车,现代化宾馆与餐饮行业的周到服务,洗衣机、钢琴、对讲机、电视的使用,想要接触民族艺术的外国宾客,都是那个时代的特定符号。

此外,影片将民族性与现代性很好地结合了起来。一方面,影片尊重少数民族的习风习惯,在婚礼上当外国宾客要求新人跳迪斯科时,司仪特地问了"会不会违反民族习惯",迪丽娜尔在家中时仍然会戴上头巾;另一方面,影片并没有刻意突出少数民族的风俗习惯,在希里甫与拜尼沙婚礼的那一场戏中,影片没有展现传统维吾尔族婚礼的凉恰(说亲)、尼卡(宗教仪式)等仪式,而是直接截取婚礼现场场景,其中买买提与迪丽娜尔应外国友人要求跳的一

---

① 周夏:《广春兰访谈录》,《当代电影》,2014第9期。

段具有民族特色的迪斯科,十分抓人眼球。

值得一提的是,婚宴上拜尼沙所唱的歌曲也表达出现代青年的思想情怀。"创造世界的人有男有女,创造世界的人有女有男,女人有感情男人有力量,是劳动的男女创造了时代,男女的爱情离不开白天黑夜,男女的爱情像天空大地永存。"歌曲热情地歌颂了爱情,提倡男女平等,用劳动创造世界、创造时代,这正是新时期所倡导的社会风气。

影片中主要人物也都是新时代的新青年。男主角买买提是红玫瑰餐厅的小老板,他也是个积极进取、热爱生活、有作为的新人,他从小就是"三好学生",后来白手起家,完全依靠自己的双手建立了红玫瑰餐厅,由于经营得当,餐厅被评为"优秀个体户"。他具有出色的管理能力、诚信经商的品质以及超前的服务意识。餐厅客人正多时他会敦促大师傅尽快上菜,多添桌椅,不让客人等着;羊肉用完了,当员工提议用牛肉替代羊肉,他坚决要求保障高质量供应,安排员工尽快提货,不能欺骗顾客、砸牌子;他自学英语,读夜大,能与外国宾客正常交流,还能充当翻译,被迪丽娜尔的父亲夸赞"有知识,有能力";他还鼓励员工多学习先进经验,影片结尾餐厅员工古丽娜就获得了去北京学习的机会,餐厅连机票都已为她办理好。买买提对红玫瑰餐厅的管理,改变了一般人眼中烤肉摊不干净的看法,拜尼沙后来去红玫瑰餐厅吃烤肉时就称赞"烤肉摊很阔气,也很干净"。影片上映后,更是获得了多项大奖,也在新疆引起了很大的反响。当时新疆卖烤肉的很多店面改名叫作"红玫瑰烤羊肉",可见,影片的获奖是新疆人的骄傲。

女主角迪丽娜尔的扮演者吐尔逊娜依原本就是维吾尔族青年舞蹈家,她曾在中央民族学院专攻舞蹈,后来因出色的表现被选拔进入团中央组织的青年学生代表团,先后出访法国、民主德国、突尼斯等国家,毕业后进入歌舞学子都憧憬的中央民族歌舞团任舞蹈演员。1987年,21岁的她毅然舍弃京都繁华,带着大胆、前卫的理念回到了新疆,出演了《买买提外传》的女主角,而影片中她所扮演的迪丽娜尔也正是一个大胆、前卫的舞蹈演员的角色。希里甫婚礼上,她的舞蹈矫健洒脱、欢快有力,将传统与现代、民族与国际很好地结合了起来。在对待爱情的态度上,她则不贪慕虚荣,不在意门第,而更加注重人的内在价值,能勇敢地追求属于自己的爱情。当买买提对公开自己的身份、是否追求她迟疑不决的时候,她请买买提参加了她的舞剧《光荣的清洁工》,以表达她的心意和想法,在影片最后买买提向她表白、请求她做决定的时候,她大声地喊出了"买买提,我爱你",体现了她的平等、自由的新思想。

当然,影片中主要人物也曾有一些旧的思想观念存在。在买买提被塑造成一个积极向上的新青年的同时,其自身也存在着一些守旧的门第观念,拜尼沙原本门第观念也极深,一定要找一个干净文雅的知识分子做佳婿,但最终这两个人都摒弃了门第观念,转变了思想。影片总体上遵循了"有矛盾不必尖锐、有冲突不必激烈、有讽刺不必辛辣、有歌颂不必过高的这一个'度'"来进行创作,反映了社会主义生活的价值取向。

作为一部少数民族题材轻喜剧电影,影片坚持与时代同行,体现时代发展的要求,反映现实生活中少数民族的精神面貌和生活情趣,不仅受到了新疆少数民族群众的喜爱,也受到了汉族同胞的喜爱。影片中所提倡的积极向上、平等自由、大胆创新的精神,也激励着新疆各族群众不断为创造新生活而努力。

精彩链接:

相关评论:

而喜剧色彩也突出体现在广春兰当时执导的其他几部影片中:《幸福之歌》、《热娜的婚事》和《买买提外传》。……《买买提外传》可视为这一系列影片中最具代表性的一部。也正是在筹拍这部影片时,广春兰"坦白地说,我早就看中了喜剧样式电影的魔力,早就明白了喜剧里,人们从笑中得到的审美价值和美学思维的张力"。这里有必要补充一点:该片女主角也是吐尔逊娜依,影片中至少有三个场景与她的舞蹈表演有关,其中"婚礼"一场集中展现了她颇具特色的民族迪斯科。然而整部影片却更依赖喜剧元素构成,情节推动也与歌舞无关,因而不在笔者所述歌舞片之列。主人公买买提本是边城红玫瑰餐厅的小老板,热情乐观、上进积极,极善烤肉串。恰逢好友结婚,却找不到"体面"的傧相。为解好友之围,他改头换面成了旅游局的翻译阿里木,作为男傧相出席婚礼。相貌出众、舞艺超群的女傧相迪力娜尔很快为之吸引,而买买提对迪力娜尔也颇有好感。至此,影片的爱情主题被巧妙嵌入"真假猴王"的叙事模式中。不用说,接下去的是一波三折的探明真相过程。当买买提不堪说谎之累、鼓足勇气说出"根本不存在阿里木"的时候,一个有情人终成眷属的大团圆结局自然也是少不了的。只有如此浪漫、理想的情境才足以打败以职业取人的世俗观念。这类喜剧故事片在更广阔的中国电影史中不难见其渊源:如果《幸福之歌》中有《不拘小节的人》、《寻爱记》等故事的影子,那么《买买提外传》不论就主题还是叙事模式而言,都可称得上新时期新疆版的《女理发师》。不过,广春兰将这部影片称为"西部个性喜剧"的尝试之作,强调它应以"民族幽默、民族深沉、民族意识"在中外喜剧影片中拥有一席之地。且不论这种诉求是否能如期传递给观众,至少我们由此确知:一股清晰的地域和民族文化意识引导着广春兰彼时的导演创作。这种意识在她的其他类型作品中同样是条可见的主线。

——摘自张华《广春兰新疆电影解码》,载《当代电影》2010年第6期

木卡姆音乐之母
——《阿曼尼萨罕》

编剧：赛福鼎·艾则孜
导演：王炎
副导演：哈伦别克　尼加提·艾克拜尔
主演：穆尼热·安斯尔丁　木拉丁·阿布力米提　图尔逊江·祖农　沙迪克
　　　尼加提·艾克拜江　胡尔西德·吐尔地
出品：天山电影制片厂　天津电影制片厂
年份：1994

故事梗概：

故事发生在公元1550年左右,与大明王朝同时期的西域叶尔羌汗国。14岁的阿曼尼萨罕因为动人的美貌、悦耳的歌声将微服私巡、外出打猎的可汗吸引过来,被可汗阿不都热西封为汗妃接入宫廷。少女阿曼尼萨罕的父亲是一个木卡姆的传唱者,因此她自幼显示出高超的音乐天赋,后来师从于宫廷乐师乌麦尔,更是提高了自身的音乐造诣。阿曼尼萨罕出嫁前,父亲对她说,如果在宫里闷就让乌麦尔帮助她把流散多年的木卡姆整理好,这一嘱托成为了阿曼尼萨罕汗妃一生的奋斗目标。在宫廷中,可汗怜惜她思念父亲,欣赏她的音乐才华,于是下旨准许她收集、整理木卡姆。然而,平静的时光很短暂,大臣表示自整理木卡姆以来,从可汗到百姓进寺院祈祷的次数少了,在斋院不守斋的人数多了,阿曼尼萨罕为此忧心忡忡,身体日益不好,汗后以及朝中大臣都想禁止收集传播木卡姆的行为,决定从乐师入手,残忍地将其打死。阿曼尼萨罕失去了自己的良师以及最忠诚的支持者,在冰冷的皇宫中逐渐心灰意冷。可汗最终决定在叛乱解决前停止搜集规整木卡姆的工作,他将远赴战场。阿曼尼萨罕既担心自己,又挂念父亲;既思念可汗,又劳累于整理工作,思虑过度,日渐消沉,最终一病不起。一代音乐大师在人生的弥留之际,担心的还是没有将木卡姆整理工作完成,最后在母亲的召唤声中离世。

《阿曼尼萨罕》是一部讲述维吾尔族音乐家阿曼尼萨罕的历史人物故事片,改编自中国作家协会行政职务最高的会员——赛福鼎·艾则孜的同名歌剧《阿曼尼萨罕》。该片以全方位的视角详细叙述了阿曼尼萨罕的成长经历以及对十二木卡姆套曲所做的贡献。电影主要共分为四部分:阿曼尼萨罕少年学艺时期、青年入宫时期、搜集整理木卡姆时期和最后的病逝时期。通过歌曲配乐、回忆叠化、矛盾冲突、特写对比等手法塑造出了一个热爱音乐、不慕名利、不顾身份、将一生都奉献给了维吾尔族十二木卡姆音乐的柔弱却伟大、英年早逝却永留史书的光辉女性形象。

这部电影曾一度停拍,再次开机后由拍摄过《战火中的青春》、《许茂和她的女儿们》的北京电影制片厂老导演王炎执导。王炎曾经有过拍摄少数民族人民生活影片的经验,他的《从奴隶到将军》获得了1979年首届"八一电影奖"。王炎答应拍摄后,建议聘请国家一级摄影师、"金鸡奖"获得者邹积勋为该片总摄影。吐鲁番的住宿条件、外景拍摄条件都很差,王炎则无暇顾及这些物质条件,他初到新疆就被那里迷人的风光、纯洁朴实的人们吸引住了。短短一个月间,他跑了2000多公里路,开了几十次座谈会,同上百人促膝交谈。他把打动过他的、令人心醉的那些人和事,都写到了剧本里存档,最终成了既符合历史真实又充满影视艺术魅力的《阿曼尼萨罕》。为了节省经费和方便工作,王炎谢绝了特殊照顾,与大家同吃同住,这既增强了凝聚力又充分调动了各部门的创作积极性。最终,该片历时半年终于拍摄完毕,于1993年10月通过审查。

在电影拍摄初期,王炎还大胆启用了从未接触过银幕的大学生担任本片的主演,同时广泛调动当地维吾尔族人民的积极性,拍摄了不少载歌载舞的群众镜头,并且让当地人民串演片中群众角色。正是基于王炎对新疆风俗民

情、文化背景的全方位了解,以及本土群众的本色出演,使得该片叙事风格真实,人物性格鲜明,风俗民情浓郁。该片最终荣获中宣部1993年度"五个一工程"电影奖、广电部1993年特别鼓励奖,以及1995年首届全国少数民族题材电影"腾龙奖"评委特别奖。

本文先梳理了整部电影的主题,继而分析了影片中人物形象的塑造以及维吾尔族少数民族民俗风情的展现,最后以女性主义理论为依据,更为仔细地剖析了影片中的女性形象。

历史人物音乐片的主题

《阿曼尼萨罕》是一部故事片中的文艺片,讲述一位天赋极高、酷爱音乐的农家少女,在民间音乐的海洋中成长,从民间走进宫廷,又从宫廷回归民间,收集和整理十二木卡姆的传奇故事。这部电影是天山电影制片厂拍摄历史上(截至当时)耗资最大的一部电影。构思初期,导演王炎认为拍摄民族片必须防止两种倾向:一是为了突出少数民族奇风异俗,不惜丑化我们的同胞兄弟,把愚昧落后的思想和形为也大肆渲染、夸张、猎奇,从而去满足某些人的低级趣味;二是不能脱离尘世地把他们描绘成都富得流油、穿绸着缎、珠光宝气,过着神话般生活的人去哗众取宠。所以他认为:既不是拍历史片,也不是拍传记片,更不是拍音乐片。他希望根据历史真实地塑造能被今天的人理解的一个活生生的艺术形象。[①] 导演将一代传奇王后放置在一个拥有浓厚历史背景与时时刻刻环绕着音乐的国度里,将历史、人物与音乐巧妙地融合起来。

影片中少女悠扬悦耳的歌声、村落里碧草蓝天的风景、小路上热情善良的村民以及维吾尔族特有的习俗,使得这部电影成为了维吾尔族的民族名片,让全国的观众真正了解到了少数民族同胞们日常的生活状态,是艺术性和民族性的成功融合。

---

① 王晓辉、刘增林:《神韵——记著名导演王炎执导〈阿曼尼萨罕〉》,载《民族团结》,1994年第11期。

《阿曼尼萨罕》最引人注目的是将新疆维吾尔族最著名的文化瑰宝"木卡姆"与一位少女传奇的一生交融起来。这部影片中所提及的"木卡姆"是维吾尔族古老的流传至今的一种音乐套曲。木卡姆拥有一个庞大的体系,其中既有曲、又有歌、还有舞,是将整个维吾尔族生活用音乐说唱来表现的篇幅浩大的艺术百科全书。木卡姆的唱词源自民间艺人、贫民的生活以及民间流传的叙事诗。它的内容既有歌颂先王丰功伟绩的,也有描述人民困苦生活的;既有赞美父母生养之恩的,也有表达委婉思慕之情的。这也再次证明生活是艺术的源泉,艺术的生命力来自于生活。

　　影片初始沙漠中的骆驼使者缓缓到来,全片的主题旋律远远传来"没有木卡姆的地方只有骆驼刺,木卡姆流传的地方盛开着百合花。流不进木卡姆的心灵长不出善良,充满着木卡姆的灵魂如诗如画。叶尔羌汗国的土地虽然不是遍地黄金,维吾尔人的歌声却胜过富贵荣华"。短短的三句话却是影片中心主题的展现,木卡姆是维吾尔族人民的精神来源,是少数民族人民创造出的宝贵财富,热爱木卡姆的人拥有善良的灵魂,叶尔羌汗国无法舍弃木卡姆。正是因为木卡姆在维吾尔族人民心中占有如此高的地位,所以在木卡姆文化日渐衰微的年代,它的传唱者们才会耗尽心力地想将它整理编排好,以便让后人更好地学习传承下去,而其中的代表人物便是本片的主人公,维吾尔族历史记载中仅有的三位女性之一——阿曼尼萨罕。

民族影像的民俗展演

　　少数民族电影一般都离不开当地最具风貌的自然风光以及独特悠久的民俗风情,《阿曼尼萨罕》在这两方面同样出色,夺人眼球。影片一开始,宫廷乐师乌麦尔就心痛地发现,大家不会演唱木卡姆,甚至不知道什么是木卡姆,真主的指引让他见到了住在叶尔羌河畔的樵夫马哈木提。两位惺惺相惜的木卡姆艺人初次见面就为大家展现了维吾尔族人民的风俗习惯,例如:家里来了客人时,要准备馕和煮好的奶茶,馕从屋内拿到屋外时要用方巾包裹起来,要用盘子端来茶水;在到别人家时,常常要双手掌心向上,念经文,然后用双手抹脸,这是在做"都瓦"(一种祝福仪式);拜师学艺时,要为老师准备一套全新的衣物作为拜师礼。阿曼尼萨罕在拜乌麦尔为声乐老师时就双手奉上了一套新衣服。

众所周知,维吾尔族是能歌善舞的民族。他们热爱跳舞,喜欢用舞蹈和歌声来表达自己的心情,所以常常举行宴会。维吾尔族的宴会一般在夜晚举行,举行宴会时除了乐师们,大家都可以在场地中央随意载歌载舞,可以男女组成一对跳舞,也可独自跳舞,这叫"麦西来甫"。汗王在阿曼尼萨罕家做客的那晚,村里的村民们全都聚集在马哈木提家的小院里纵情歌舞。在阿曼尼萨罕要进宫当王妃时,电影为我们展示了维吾尔族人婚嫁的场景:女儿出嫁当天,要举办一种叫"尼卡"的宗教仪式,等男女方亲属在两旁站定后,新娘要放声大哭,同自己的母亲哭别,表示对母亲及家人的深厚感情。阿曼尼萨罕从小与父亲相依为命,所以在离别之际,向自己的父亲放声大哭,周围的同村人也一同哭泣,影片着重展示这一场景是用来表示她对父亲和家乡的深厚感情,也为她远离家乡此生再不能与父亲相见埋下伏笔。

沙漠绿洲中的英雄儿女

优秀的文学作品离不开经典人物的塑造,同样,一部优秀的影视作品如果想要历久弥新,不仅需要精彩的故事情节、流畅的画面剪接,最重要的一定要有中心的、立体的、多面的、让人或同情或怜悯或憎恨或喜爱的人物形象的塑造。《阿曼尼萨罕》这部时长 90 分钟的电影中,不仅有一身才气的乐师、慈爱好客的父亲、骄纵高贵的皇后、趋炎附势的大臣,还有让观众为之慨叹为之骄傲的男女主人公——柔情强势的汗王和聪敏果敢的阿曼尼萨罕。

慧眼识英雄——阿布都热西汗王

悠扬清亮的歌声吸引住了天上的白云,草原上的小羊和小鹿也吸引来了一位年轻的猎人——阿布都热西汗王。这位猎人音乐造诣高,能弹出让全村人民欢乐起舞的乐曲;这位猎人为人强势诚实,主动向樵夫承认是美丽的歌声吸引他们前来,希望能再听阿曼尼萨罕演奏一曲,动心动情后不顾朝臣反对、宗教规范、女子意愿,强制要求封卑贱的樵夫之女为汗妃;这位猎人对待爱人真挚热情,为博红颜一笑,正式准许阿曼尼萨罕进行搜集、整理木卡姆的工作;这位猎人却也懦弱可欺,再美的爱情也敌不过众人非议,强敌压境,最终只落得情深不寿,红颜枯骨。

音乐殿堂的女神——阿曼尼萨罕

自古红颜多薄命。维吾尔族历史中三位被记录在册的女子之一、十二木卡姆的整理规范者、从民间走向宫廷的传奇王妃,最终只活了 34 岁。在父亲眼中,她是真主赐予天赋的音乐天才,也是小时丧母柔弱可怜的女儿;在伙伴眼中,她是善良可亲、才貌双全的仙女;在可汗眼中,她是美丽多娇、歌声动人的妃子;在大臣眼中,她是让可汗沉迷于歌舞生活、不理政务的出身卑贱、亵渎宗教的妖妃;在后人眼中,她是冲破重重障碍、深入穷乡僻壤、访遍民间乐师的十二木卡姆套曲的母亲,是一个为民族、为音乐做出巨大贡献的女子。阿曼尼萨罕临终前对木卡姆的呼唤,认为自己没有将木卡姆整理完,连着的几句"没有……没有……",既是对生命终结的害怕、对幸福生活的不舍,也是对未完成的音乐事业的担心,最终闪回叠印的特效重现了她年少时与木卡姆相伴的快乐时光,不禁让人泪眼朦胧。影片还运用了前后呼应的手法,王宫长廊重复出现两次:第一次万人欢歌载舞,众人盛装打扮,阿曼尼萨罕脚踩红地毯走向辉煌的王宫,代表了她荣耀的一生;第二次在影片结尾处由远征在外千里奔波而来的可汗经过寂寥清冷的回廊,跑向一身白袍枯槁消瘦的阿曼尼萨罕的尸体,标志着她辉煌而又短暂的一生就这样结束了。

视觉快感中的女性形象

英国女性主义电影理论家、影评人劳拉·穆尔维,1975年发表《视觉快感与叙事电影》,提出了电影镜头代表的是男性凝视的目光的观点。劳拉指出,电影提供若干可能的快感,其一就是观看癖。她在对"视觉快感"进行的整个论述中确实隐含了一个基本的假设:电影的观看者是男性。所以,她的"视觉快感"也是男性的。她认为,主流电影中展现给观众看的客体通常是女性。观众要么通过男主人公的视线和他一起观看、占有女主人公,要么通过银幕展示的女性脸部、双腿等特写镜头直接观赏女性。

无论是何种类型的影片,总是缺不了漂亮明艳的女子形象。在真实反映维吾尔族民族风情的影片《阿曼尼萨罕》中,更是不会缺少美丽的维吾尔族姑娘载歌载舞的欢快场景。以影片中明朝以及叶尔羌汗国各邻国使臣共同欣赏为人们带来幸福和欢乐的木卡姆欢迎会为例,现场观众除了阿曼尼萨汗王妃是女子,其余所有观众都是有身份地位的男性。舞女上场跳舞时,所有的各国使臣都是看客,表演的女性是被看者,尤其是明朝使臣眼珠一动不动,盯着在台上搔首弄姿勾引他的舞女,影片通过以使者的视线特写舞女明亮的眼睛、细润的玉手、繁杂的脚步动作、飘扬的裙摆、柔软的腰肢以及飞扬的麻花小辫。为着重表达看客们的窥视快感,影片不仅让使者们交头接耳、情不自禁地站立,甚至让大明使臣即兴作诗一首:"扬眉动目踏花毡,红汗交流珠帽间。环行急促皆应节,反手叉腰如却月。"在观看中,观众(男性)"力比多"得到释放,从而获得窥视的"视觉快感"。主流电影给予女性的只是一次强化父权制的再教育,使男性的主体地位更加巩固,而女性在无主体性的境地中陷得更深。

例如,影片在音乐会这一段,只在乌麦尔乐师歌唱初始给过阿曼尼萨罕一个镜头,在使臣推崇,尤其是大明使臣追问木卡姆是何人所作这接近6分钟的剧情中,再无王妃的镜头,尤其是可汗回答"人人可作木卡姆",竟半点没提阿曼尼萨罕重新整理编曲的功劳。我们或许可以以为是导演的疏忽,但是

阿曼尼萨罕

这又何尝不是真实历史中女性在男权社会话语权缺失的鲜明表现呢。

新疆少数民族题材电影数量不多，尤其是像《阿曼尼萨罕》这样以女性人物为中心的电影，所以它无论在新疆电影史、电影主题还是拍摄手法上都有值得我们深入剖析研究的地方。这部影片不仅向观众展示了维吾尔族历史中灿烂文化的一部分，也向我们传递了热情好客、善良勇敢的维吾尔族形象，在研究新疆电影和民族政策方面都有重要意义。

精彩链接：

电影中木卡姆音乐弹唱展示

影片主题曲：
没有木卡姆的地方只有骆驼刺，
木卡姆流传的地方盛开着百合花。
流不进木卡姆的心灵长不出善良，
充满着木卡姆的灵魂如诗如画。
叶尔羌汗国的土地虽然不是遍地黄金，
维吾尔人的歌声却胜过富贵荣华。

阿曼尼萨罕做家务时的歌：
最美好的事是从我的百花园里采撷花朵，
把那些与花卉为敌的野草剪除，
最美好的事莫过于在花苑里，
用花儿扎成花朵，馈赠给为之挥汗的英雄。

歌唱先可汗的歌：
人世间有了不公平，
真主啊，

望你听听百姓们的呼唤,

花园里盛开着百合花,

百灵鸟才会在枝头欢唱,

先王赛义德汉做了贫苦人们的屏障,

那菲赛要为他歌唱。

阿曼尼萨罕出嫁的歌:

真主精心地塑造了你的容颜,

他把世界的美都集中在你身上,

女神和美姬才能这般荣光照人,

你莫非是仙子从天而降。

歌颂父爱的歌:

当我穿过黑夜来到人间,

星空和沙漠做了我的摇篮,

清冷的早晨升起一轮朝阳,

哦,那是我慈爱父亲带来的温暖。

民间艺人的歌:

人的一生就是忧伤,操劳,

如今我心力交瘁,形容枯槁,

我笔直的身躯变成了弯弓,

尤叹世风日下豺狼当道,

往事虽如河水流逝,

但愿辛劳的汗水不会白抛,

人们啊,何时才能面对后人开怀欢笑?

第三篇 区域叙事的类型诗篇 (2000~2015)

  2000年至今的新疆电影,虽然仍游离于内地电影厂体制改革的主流语境之外,却已逐渐适应市场经济。在现代文化与全球化的文化浪潮之中,21世纪的新疆电影面临着中国加入WTO后的经济全球化和文化多元化的世界大势,面临着面向受众需要的娱乐化潮流与艺术坚守的艰难,面临着主流形态创作和大众文化要求交融的不可阻挡的趋势,面临着国有电影厂与民营电影公司共同支撑、联合互助的体制走向,也面临着区域内人民民族身份比例以及电影受众群体民族构成的新变化与新要求。处于这种国内疆内的时代语境,区别于影像初期的汉民族外视角以及发展和转折期间的少数民族内视角的影像叙事,新疆电影也在调和区域内多民族影像叙事内外视角的同时,在叙事艺术上通过引入"类型电影"的概念,结合主旋律故事的题材特色,完成了新世纪新疆电影对外传递区域形象的影像转化。值得肯定的是,新疆的少数民族题材电影通过与主旋律叙事的时代强音相结合,在艺术观念上充分借鉴类型电影的拍摄手法,使得区域内的影像表达在市场化、产业化、国际化、专业化与"一体多元"文化格局的认同间,获得了新的"文化拓值"空间。同时,新疆电影人也为如何将边疆区域富于特点的生活方式、文化价值观念融入中国当代社会文化的历史变迁中,做出了力所能及的尝试与努力。这一期间,仍然是以天山电影制片厂作为创作中心,新疆电影人创作出《库尔班大叔上北京》《吐鲁番情歌》《美丽家园》《买买提的2008》《大河》《生死罗布泊》《钱在路上跑》《真爱》等一系列能够表现区域生活特点与历史传统的故事片,在民族地区的民族叙事之外找到了区域表达的新方向,同时也为民族地区电影的民族叙事找到了视界融合的区域视角,并为其走向世界银幕、传递中国新疆的区域形象做出了贡献。

这其中,《买买提的2008》是一部将民族性格、民间生活方式与地方传统、世界主题结合得较好的作品;《吐鲁番情歌》则将"歌舞片"的类型概念与民族性格、民俗样态进行了巧妙的结合;《大河》将"史诗片"、"冒险片"的类型概念与新疆的民间传说、历史往事、族际交往经验进行了有机融合;《钱在路上跑》则更多考虑到观影受众的民族身份,将"喜剧片"的类型概念与民族性格、价值观念进行了全新演绎,可谓这一时期区域影像叙事类型表达的代表作品。

吐鲁番的葡萄熟了
——《吐鲁番情歌》

编剧：张冰
导演：金丽妮　西日扎提·牙合甫
主演：阿孜古丽·热西提　木拉丁·阿不力米提
出品：天山电影制片厂
年份：2006

故事梗概：

生活在吐鲁番农村的退休老村长哈力克和他的老伴晚年生活安逸，但孩子们的婚事还是让他们操心。大女儿康巴尔汗因为无法忘记过去被父母赶走的恋人而拒绝结婚，最终因病去世。儿子普拉提看上了邻村的阿拉木汗，却因为哈力克与阿拉木汗的母亲的一段往事而不能结婚。小女儿阿娜尔汗聪明机灵，却恋上了大姐昔日的男朋友克里木。时间流逝，过去的仇怨逐渐化解，阿娜尔汗也在爱情中逐渐成熟。普拉提和阿娜尔汗终于得到了各自的爱情。

提起吐鲁番，人们就会想起那一片葱郁的葡萄架，想起那美丽的维吾尔族少女，想起她们曼妙的舞姿和婉转的歌声。《吐鲁番情歌》就是这样一部电影，这部影片以两代普通的吐鲁番维吾尔族人的爱情故事为线索，展示了新疆吐鲁番现代农村的生活场景。《吐鲁番情歌》是一部纯粹的新疆本土影片，带有浓郁的维吾尔族生活气息，它不仅塑造了几位性格鲜明的人物，还融合了新疆的经典民歌和维吾尔族歌舞，十分具有民族特色。

葡萄架下的多样人物

《吐鲁番情歌》讲述了两代人的四个爱情故事。从这四个故事中，我们看到了许多不一样的人物，他们拥有各自不同的性格。影片用了许多手法来塑造这些人物，从细节出发来使银幕上的角色变成一个个性格饱满的形象。角色性格的多样性，致使四个爱情故事有了不同的发展和结局，使人物与故事呈现出丰富感。

主人公阿娜尔汗青春靓丽、活泼机灵，影片详细地刻画了她的成长轨迹。前期的阿娜尔汗活泼可爱，似乎是一个永远没有烦恼、活泼开朗的小妹妹。作为火焰山旅行社的经理兼导游，她聪明能干。电影开始，阿娜尔汗就用她的小智慧吓退了父亲哈力克给姐姐找的大龄对象。闪着灵光的眼睛和略带戏剧化的表演,凸显出阿娜尔汗的俏皮伶俐,令人印象深刻。不仅如此,她还无私地资助在北京上学的男朋友,虽然最后只换来了一份借款单,但她还是无怨无悔。在与克里木重逢之后,阿娜尔汗极力鼓励康巴尔汗去追求自己的爱情,与克里木再续前缘。但是在经历了姐姐去世、男朋友分手之后,阿娜尔汗逐渐成长起来。阿娜尔汗在风车地里的独白,就是她成长的转折点。在此之后,阿娜尔汗成熟起来,面对阿依木以保鲜剂的所有权交换阿拉木汗的"威胁"时,阿娜尔汗毫不犹豫地回绝。面对爱情,阿娜尔汗与姐姐康巴尔汗不同。康巴尔汗性格温柔,虽然与父亲有冲突,但还是采用了逃避的方法。康巴尔汗的性格决定了她不敢追求自己的爱情,最终只能在遗憾中离开。阿娜尔汗有主见且敢于行动,在姐姐去世之后,阿娜尔汗经常打着"拥军"的旗号去部队探望克里木。虽然克里木百般逃避,但阿娜尔汗没有气馁,她依旧关心克里木,并且给予克里木的儿子极大的耐心和关爱。虽然她知道父亲会发怒,但她还是直截了当地说出了自己的想法:"我喜欢克里木,我愿意当这孩子的妈妈。"坚定的眼神和铿锵的话语提醒我们,此时的阿娜尔汗不再是与爸爸插科打诨的小丫头了,而是一个敢说敢做、思想成熟的姑娘。在她的坚持下,阿娜尔汗终于打动了克里木,收获了自己的爱情。

阿娜尔汗是现代维吾尔族少女的一个缩影。在阿娜尔汗身上,我们看到她有着维吾尔族姑娘热情活泼的性格,但同时也具有现代女性有主见、敢担当的个性。影片选择了以爱情观来展示维吾尔族女性与时俱进的精神面貌,更容易激起观众的共鸣。

老村长哈力克是一个充满矛盾的人物,在电影里很出彩。作为离任村长,他脾气倔、不苟言笑,但也具备了一些喜剧化的性格特征。他的所作所为虽然有些专横,但是他的对白却幽默睿智。影片利用这种反差,塑造了一个倔强却风趣的人物。

哈力克在家里总觉得自己还是个村长,他认为自己对女儿的婚事有着绝对的控制权,而且喜欢对妻子发号施令。哈力克当年将康巴尔汗的男朋友赶出家门,并且武断地给她安排了一个自己认为合适的人。哈力克斥责大女儿的时候说道:"在这个家里,我说的话能让坎儿井的水流回雪山上去。"他认为自己的话是一个决议,是一个要执行的决议。在听到小女儿要嫁给克里木的消息时,他又极力反对。但我们可以看到,哈力克在内心深处是深爱着两个女儿的,他其实是一个人情味儿十足的老人。他关心两个女儿的婚事,其实是想以自己的方式让女儿们得到幸福。在得知大女儿的病情后,他显得软弱无助。床上僵直的身体和呆滞的眼神,表现出这个倔强的老人内心隐藏的脆弱。影片用老人沧桑背影的特写来表现哈力克内心的无助和痛苦:第一次是在大女儿去世之后,老人独坐在漆黑的夜色里,他的背影似乎和远处的天空融合在了一起,深切地传达出那种父母失去子女后的悲痛和悔恨之情;第二次是在得知小女儿要嫁给大女儿过去的男朋友的时候,老人又坐在了同样的位置,这一次老人心中仍有悔意。但从他的眼睛中,我们看到了一丝豁达,虽然老人表面上依旧对小女儿生气,但心里已经接受了克里木的儿子吐尔逊,并且同意了阿娜尔汗的婚事。哈力克身上有着维吾尔族老人的睿智与豁达,他在生活中既认真又幽默。哈力克老人固执的外表掩饰不住他温柔的内心,影片塑造了一个具有层次感的人物,带给观众一丝惊喜。

哈力克的对白带着维吾尔族常有的幽默,令人忍俊不禁。比如碰到小贩打听大女儿婚事,他回道:"一个卖羊杂碎的,打听起牛的价钱干什么!"小贩表示要给康巴尔汗介绍男朋友,他说道:"你不就是个卖羊杂碎的,难道给我女儿介绍个卖羊皮的?"观看篮球比赛的时候,哈力克十分激动,斥责小四川:"我说你吃了一辈子汤饭怎么的?"哈力克幽默又接地气的语言,令人捧腹。哈力克的对白都取材于新疆本土语言,深入普通民众的生活,让人产生一种亲切之感,让生活在吐鲁番的人民倍感熟悉,传达出新疆独特的风情和味道。

吐峪沟的葡萄种植大户——阿依木也是一个性格鲜明的人物,她性格开朗,也带着一丝泼辣。她一出场便提着一根棍子,追赶撒保鲜剂的小伙子。初次见到普拉提,她就明确地告诉对方"不许动我的女儿"。普拉提第一次求婚的时候,阿依木与哈力克隔空的"对话",更显示出其泼辣的性格。阿依木步步紧逼,哈力克节节退让,一个种葡萄的妇女竟使前村长束手无策。阿依木的性格是由她的经历造就的。阿依木对她与哈力克的往事耿耿于怀,因此处处维护女儿,害怕女儿也走上自己的路。阿依木认为自己被哈力克抛弃,又受到媒人的欺骗,嫁给了不如意的人,这就使她有着强烈的自我保护意识,利用外表来掩藏自己温柔又坚韧的内心。在阿依木与哈力克的误会解除以后,她依旧不同意普拉提与女儿的婚事,但从剧情来看,阿依木是借此激励普拉提尽快研制出无害的保鲜剂。阿依木对保鲜剂的态度由鄙视到最后的接受,不仅是一个女性抛开过去的情感纠葛、走向新生活的过程,也是维吾尔族农民在历史发展中不断接纳新事物的过程。

普拉提与阿拉木汗的爱情虽然遭到了双方父母的反对,但结局是圆满的,这不得不归功于普拉提坚韧不拔的性格。面对阿依木的羞辱,他耐心地解释;在窗户下唱歌时,被阿依木泼水也坚持不懈;虽然阿依木在本来说好的婚事上又加了条件,普拉提依旧笑着去寻找解决的方法。阿拉木汗温柔又善解人意,对母亲的阻挠行为表示理解,但是内心却坚持自己的想法。影片并没有详尽地描写普拉提和阿拉木汗之间的爱情,但影片中几处关键的片段,传达出一种细水长流的情致。

《吐鲁番情歌》将镜头对准了新疆少数民族的家庭,呈现了吐鲁番普通民众的生活。影片中的人物就集中体现了维吾尔族人经过历史的沉淀,而且在时代巨变中仍然保持不变的民族精神,诸如豁达真诚、乐观向上。这部影片最大的特色,就是善于从现实生活中发掘素材,表达维吾尔族普通民众生活中的喜怒哀乐,以微观的形式来展示新时代的新疆。

情歌串联的叙事结构

这部影片的叙事结构并不复杂,但它最大的特色即是在叙事中加入了新疆著名的民歌,而且巧妙地运用了这些民歌。电影中反复出现的《吐鲁番的葡萄熟了》、《掀起你的盖头来》、《半个月亮爬上来》、《阿拉木汗》四首歌曲串联起了整个故事,而且这些音乐经过了不同的改编,以不同的节奏出现,不仅从侧面烘托出人物的内心世界,而且也暗示了人物的结局。

　　故事围绕父亲与小女儿阿娜尔汗在嫁与不嫁以及嫁给谁的问题上的冲突,展开了全剧的情节。父亲哈力克想将大女儿康巴尔汗嫁给有钱的"大叔",可是康巴尔汗却惦记着前男友克里木;小女儿想嫁给克里木,却遭到父亲的反对;儿子普拉提想娶吐峪沟的姑娘阿拉木汗,却因为双方家长的一段旧情不能实现。矛盾的源头均来自双方的父母,但在儿女们的坚持下,长辈还是选择了理解与让步。这部电影主要描写了两代人的四个爱情故事,每个故事都运用了一首民歌来作为其主题曲,而且人物的名字均取自这些民歌。

　　影片开始之时,聪明伶俐的旅行社经理阿娜尔汗就放了一首脍炙人口的民歌——《吐鲁番的葡萄熟了》。轻快的曲风使观众很快就融入了吐鲁番这个充满异域风情的环境里,但这首歌曲最重要的还是暗示了阿娜尔汗与克里木之间的爱情。在歌曲中,克里木于参军前种下了一棵葡萄,果园的姑娘阿娜尔汗克服种种困难,精心培育着绿色的小苗,两人也渐生情愫。在电影中,克里木的儿子,不愿意说话的吐尔逊就如同歌曲中那棵小葡萄苗,在阿娜尔汗的悉心照顾下,逐渐开口说话,重拾欢乐。在阿娜尔汗去慰问军人克里木的时候,克里木的战友又一次唱起《吐鲁番的葡萄熟了》,道出他们二人之间暧昧的情愫。这首歌曲运用得十分巧妙。片头欢快版本的音乐在一开场就营造了热闹、欢乐的氛围,与年轻的阿娜尔汗活泼开朗的性格契合。由军人口中唱出的《吐鲁番的葡萄熟了》则带着对爱情的庄重承诺,表达了逐渐成熟的阿娜尔汗对爱情的追求。电影从这首歌曲中提取了两位主人公的性格特点和故事情节,又将其重新改编,使故事情节与音乐契合,又互相补充。

　　阿娜尔汗的姐姐康巴尔汗无法忘记昔日的恋人克里木,而父亲哈力克又希望自己的女儿能嫁人,矛盾就此开始。哈力克甚至在愤怒的情绪下,说出了"让风车给她掀盖头去"这样的话。康巴尔汗追求自己的爱情,就暗合了《掀起你的盖头来》的主题——渴望完美的爱情。在一个安静的夜晚,房间外几位少女欢快地唱起《掀起你的盖头来》,使康巴尔汗回忆起以前与克里木欢乐的场景。康巴尔汗找到了克里木之后,影片又响起了这首歌曲,不过这次仅仅是在康巴尔汗的幻想里。梦幻唯美的场景配合改编后抒情的《掀起你的盖头来》，营造了一种既美好又哀伤的情景。在康巴尔汗的幻想里，克里木为她掀起了盖头。这个幻想既显示出康巴尔汗对美好爱情的向往，也为之后康巴尔汗的悲情结局做了铺垫。这首歌曲最后出现，是在全片的结尾，阿娜尔汗经过了苦苦的追求，终于打动了克里木，与他成婚。在一片欢乐祥和的气氛中，又奏起了欢快的《掀起你的盖头来》，阿娜尔汗终于嫁给了自己深爱的人。无论是带着遗憾离世的康巴尔汗，还是小妹妹阿娜尔汗，她们都渴望完美的爱情，因此影片中《掀起你的盖头来》是一首爱情的赞歌。

普拉提第一次求婚遭遇了失败，于是在那天夜晚，他在阿拉木汗的窗前唱起了缓慢优美的《半个月亮爬上来》。这首歌曲不仅代表着普拉提与阿拉木汗之间的爱情，也代表着多年前哈力克与阿依木之间的爱情。哈力克与阿依木也有一段在窗下唱情歌的记忆，他们曾经相爱，却因为误会而分开。在忧伤抒情的《半个月亮爬上来》中，哈力克眼含泪水向阿依木解释当年的误会。分开的真相与忧伤的情歌，深深地打动了观众。在双方父母冰释前嫌之后，普拉提和阿拉木汗在葡萄园里欢快地唱起了《阿拉木汗》。歌曲在葡萄园里蔓延开来，所有人都随歌起舞，颇具"麦西莱普"的风格。《阿拉木汗》所代表的不仅是普拉提和阿拉木汗对爱情的忠贞和坚守，更是维吾尔族人对美好爱情的歌颂和礼赞。

这部电影充分地利用新疆的歌舞优势，将著名民歌进行改编，并且巧妙地融入进了故事里。歌曲推动了故事的发展，不仅暗示了当时人物的心理活动，也与故事中的人物精神契合。影片将音乐与叙事结合起来，起到了画龙点睛的作用，为影片中的故事增加了一抹亮色。

吐鲁番的旖旎画卷

提起新疆，人们自然会想起新疆的美景和热情好客的新疆人。维吾尔族人热情奔放、活泼开朗，这与地域环境的影响是分不开的。影片中所展示的吐鲁番独特的景致、无处不在的葡萄符号以及具有民族特色的服饰和院落，从侧面烘托了人物，描绘了一幅旖旎的吐鲁番画卷。

吐鲁番的美景早已被人熟知，每年都会吸引众多游客前来参观。影片的开头，导演就用一辆飞驰的白色旅游中巴车带领我们走入这美妙的西域之景。汽车穿过闻名遐迩的绯红色火焰山，经过终年被落雪覆盖着山顶的天山，经过草原上的牧羊人和他的羊群。导演用许多全景镜头来展示吐鲁番的高山、平原，令人一开始就对这神秘又富有特色的环境产生向往之情。而女主人公的职业被设定为导游，则最大限度地展示了吐鲁番的人文和自然景观。比如影片用带领游客旅游的方式，带出了吐鲁番的坎儿井、苏公塔、达坂城风力发电站等众多著名旅游景点。影片将新疆独特的风景与人物结合起来，人物融入了风景，风景也烘托着人物。比如阿娜尔汗在达坂城风力发电站的白色风车下，回想起已经去世的姐姐。此时的风景不再是一个背景，而是人物内心活动的外在表达。影片不仅淋漓尽致地展示了吐鲁番美轮美奂的景色，而且将其与电影所要表达的内容交融在一起，令观众感到舒服。

葡萄是吐鲁番一个令人印象深刻的符号。的确，吐鲁番普通民众的生活与葡萄息息相关，在吐鲁番，每家每户都会种几株葡萄。所以影片为了凸显地域特色，就不遗余力地展示葡萄这一特色符号。镜头里的葡萄沟如同一条绿色的飘带，穿梭在山坳里。阿依木出场的场景经常是在自家的葡萄园中，电影能更容易地将葱葱郁郁的葡萄架、成筐的碧绿晶莹的葡萄、衣着鲜艳的采摘工人融入电影画面里。哈力克去找朋友给大女儿介绍男友的时候，碰巧遇到友人在晒葡萄干，这个场景巧妙地展示了维吾尔族人的晾房和新疆独特的晾晒葡萄干方式。

葡萄这一符号不仅出现在电影的画面里，也出现在人物的对白里。哈力克催促康巴尔汗早些结婚的时候说："女人是葡萄，男人就是藤，落了藤的葡萄就只能做葡萄干，能是一个价钱吗？"葡萄早已经成为吐鲁番人生命的一部分。这部电影的对白十分能够抓住维吾尔族人民的心理，许多对白都来自维吾尔族人的生活，符合他们的思想观念，令人深切地感受到维吾尔族人幽默机智的语言特色。影片中无处不在的葡萄符号，又给吐鲁番增添了一份独特又亲切的地域风情。

这部电影的服饰和住房也凸显出了民族特色。影片中两代人穿着的服饰是不同的，可以说是维吾尔族人过去和现在不同的穿衣风格。电影中老人的服饰沿用了维吾尔族人传统的穿衣风格，比如女人头上的围巾、男人头上的花帽，而且这些衣服颜色夸张，十分具有民族特色。年轻人的衣服则更加接近现代服饰，身着短袖、连衣裙的少女透露出青春活泼的气息。但是年轻人的服饰也带着民族风格的元素，比如搭配艾德莱斯绸的丝巾等。这种服饰的安排，不仅反映了两代人的身份背景与维吾尔族的民族特色，也反映出维吾尔族人与时俱进的生活方式。

此外，影片选择的居家和院落也十分具有民族特色。哈力克家是典型的维吾尔族院落：房屋外面几何形状的墙砖，院子里的葡萄藤，茶几上的瓜果。房间内部是维吾尔族的装修风格和现代化的家具。相比较之下，阿依木家则更加浪漫，绿色的葡萄藤和点缀的红色花朵，但也都带有维吾尔族的特色。整个院落的选择和摆设都具有层次感，展示出吐鲁番的地域风格。

整部影片采用了十分鲜艳的色调，绿色的葡萄架与蓝天、与人物明丽的服饰都形成了强烈对比。比如康巴尔汗在病床上见克里木的时候，白色的背景与鲜红的玫瑰形成了强烈对比，体现出康巴尔汗对生命的渴求，也使人感受到花落人去的哀伤。再比如在阿依木出场的时候，背景为绿色的葡萄架，前景则是身着亮黄色衣服的阿依木和玫红色衣服的阿拉木汗，周围人的衣服则是白色或者红白格子。整个场景颜色分明，鲜艳明亮，有一种戏剧化的氛围，增强了视觉效果。

这些场景无时无刻不在提醒人们，这些故事发生在吐鲁番，而且都能融入情节的叙事与人物性格的刻画中。带有民族特色的构图与艳丽的色调，体现出维吾尔族人热情奔放的内在精神、生机盎然的生活气息。

《吐鲁番情歌》不仅成功叙述了四段爱情故事,刻画了多种不同性格的普通维吾尔族人,而且以情歌的方式展示了吐鲁番维吾尔族人民能歌善舞的天性与真诚豁达的性格。从这部电影中,我们能体会到他们对待生活的乐观,以及对美好生活的向往和追求。同时,电影的画面与情歌也反映出维吾尔族人独特的审美情趣、风俗习惯等精神文化内涵。《吐鲁番情歌》作为一部新疆本土电影,在叙述技巧、主题呈现、人物塑造方面已经成熟,这也是这部电影能受到众多好评的原因之一。

精彩链接:

《吐鲁番的葡萄熟了》歌词:

克里木参军去到边哨

临行时种下了一棵葡萄

果园的姑娘哦阿娜尔汗哟

精心培育这绿色的小苗

啊!引来了雪水把它浇灌

搭起那藤架让阳光照耀

葡萄根儿扎根在沃土

长长蔓儿在心头缠绕

长长蔓儿在心头缠绕

葡萄园几度春风秋雨

小苗儿已长得又壮又高

当枝头结满了果实的时候

传来克里木立功的喜报

啊!姑娘啊遥望着雪山哨卡

捎去了一串串甜美的葡萄

吐鲁番的葡萄熟了

阿娜尔汗的心儿醉了

阿娜尔汗的心儿醉了
吐鲁番的葡萄熟了
阿娜尔汗的心儿醉了
阿娜尔汗的心儿醉了
心儿醉了

同一个世界,同一个梦想
——《买买提的2008》

编剧:张冰
导演:西尔扎提·牙合甫
主演:伊斯拉木江·瓦利斯　阿孜古丽·热西提　木拉丁·阿不力米提
出品:天山电影制片厂
年份:2008

故事梗概：

梦想在鸟巢上方表演达瓦孜的退役运动员买买提因一次工作失误,被阴差阳错地分配到沙尾村当足球教练,只有足球队赢得县足球比赛冠军,他才能被调回原来的工作岗位。为了组建足球队,买买提在全村大会上谎称只要赢得县足球赛冠军,沙尾村足球队的孩子们就可以去北京奥运会观摩学习,而卡德尔村长也想借机能够凝聚人心,让村民打井种树、保卫家园。于是在村民的热烈响应下,沙尾村的"梦想足球队"成立了,买买提开始带着孩子们走上追求梦想的夺冠之路。他们经历过失败的打击,品尝了训练的艰辛,在克服了种种困难后,终于获得了英萨克县足球赛冠军。而沙尾村村民也在孩子们精神的鼓舞下,在新的一年打下10口机井,种下3000棵胡杨,保住了沙漠边缘的家园。

《买买提的2008》讲述的是一群普通的维吾尔族孩子追求梦想的故事。影片借助当年北京奥运会的话题效应,在继承新疆电影一贯的展示民俗特色与地域特色的基础上,融入了青春、时尚、励志等诸多现代流行元素,得到了国家广播电影电视总局专家评委的高度评价,称之为一部"主题鲜明、立意深刻、基调欢快、特色突出的艺术精品"。

该片获得第15届北京大学生电影节体育题材创作奖,2008年度第十三届中国电影"华表奖"优秀儿童影片奖,第九届中国长春电影节暨农村题材电影展"金鹿奖"最受群众欢迎影片奖,第四届越南河内国际体育影视节"故事片一等奖"。

奥运精神的表达和延伸

相信不少观众只听影片的片名《买买提的2008》,便知这是一部关于2008年北京奥运会的影片。这部影片是天山电影制片厂的奥运献礼片,但剧本早在2003年就开始了构思,当时影片的编剧张冰在喀什采访了一个足球队,被足球队中十几个维吾尔族少年身上的足球天赋,以及他们出身贫寒却热爱并享受足球带给他们快乐的精神所深深吸引。2007年,奥运题材被列入天山电影制片厂的创作计划,影片《买买提的2008》的剧本就在编剧张冰大脑中呼之欲出了。

影片讲述的是在塔克拉玛干沙漠边缘的沙尾村中,一群活泼可爱的维吾尔族少年梦想参加2008年北京奥运会,并为追求梦想不畏艰难、勇往直前的故事。表面上,这是一部阳光纯真的少儿足球题材影片,但仔细看,我们就会发现影片摆脱了简单的青春励志的主题,通过孩子们追梦的征程而延伸出沙尾村村民面对生存困境锲而不舍地与大自然作斗争的精神,具有浓厚的民族特色和开阔的人文视野。影片所表现出的奥运精神不再局限于体育竞技,而是延伸到了更为宽广的人类精神与生产实践活动领域,让"北京奥运,人文奥运"的主题更加意味深长。

影片运用了双层叙事结构,显性叙事结构是沙尾村孩子们为实现参加北京奥运会的梦想,而不断为争夺地区足球赛冠军努力的故事,凸显了"奥运会"的主题;隐性叙事结构则为沙尾村村民们为保卫沙漠边缘的家园而在老村长的带领下凝心聚力、打井种树的故事。两条叙事线索同时进行,紧密联

系,使这部影片完成了对"奥运精神"的承载和超越。

"同一个世界,同一个梦想"是2008年北京奥运会的主题。影片中,沙尾村的孩子们虽然身处边疆,但同样梦想着能够参加北京奥运会。村民大会上,买买提的一番激情演讲点燃了村民们的热情,他说:"沙尾村的孩子们为什么就不能去北京,就不能有自己的梦想呢?"当他提到沙尾村足球队只要赢得地区足球赛冠军便可参加奥运会的时候,村民们纷纷积极响应让自家孩子去参加足球队,村长为足球队起名"梦想足球队",也是对北京奥运会主题的诠释。自此,孩子们踏上了实现梦想的征程。

要将这群踢惯了野球的孩子们训练成正规军,可谓困难重重。不听命令、不懂配合是他们面临的最大问题,加之教练买买提对足球训练几乎完全不懂,这群孩子除了锻炼体能和看足球赛外几乎没有经过有效的训练,于是第一场足球赛"梦想足球队"以 0∶12 落败。为改变这种局面,在买买提的百般挽留下,之前在体育局被他轰走的体育老师迪丽娜尔成为了这支队伍的新教练。两人为孩子们制订了严格的训练计划,加上村民们的紧密配合,孩子们渐渐克服了自身的缺点。然而临近决赛时,球队最得力的两个球员却被其家长"卖"给了其他球队,留下的孩子们虽然没有了前锋,但并没有丧气,他们加紧训练,主动要求训练进攻而不是一味防守。决赛上,"梦想队"虽然仍处于劣势,但在紧要关头,买买提带领村民大喊"乌俊姆"(进攻)为孩子们加油,使得"马拉多纳"反水,令对方球队方寸大乱,孙雯米纳尔在看到母亲后尽全力踢进一球,使得"梦想队"获得了最后的胜利。

在这个过程中,有几处情节转变值得注意。首先,是起初孩子们在训练的时候总是只顾自己,出问题后相互推卸责任。后来,他们在训练的过程中学会了解决问题,学会了团队协作。这一点具体表现在一次练习绑腿跑中,孩子们刚开始总是走几步就摔倒,后来孙雯米纳尔提出以喊口号的方式规整队伍,听一个声音前进,大家纷纷表示赞同,并且很快就掌握了技巧,手挽手并排在沙漠中奔跑。其次,球技很高但一直存在矛盾的"马拉多纳"和"齐达内"总是针锋相对,但到后来两人因屡次发生冲突被踢出球队后,两人经过反思主动承认错误,握手言好。在这个过程中,两个孩子学会了相互包容、体谅、合作,学会了承担责任,而这些品质,恰恰是奥运精神的本质所在。在地区足球赛决赛时,被乌斯曼队买走的球员"马拉多纳"被村民们的"乌俊姆"的口号声所感染,经过激烈的心理挣扎,"马拉多纳"在关键时刻反水,将球踢入了雇佣队的球门,这种反叛的举动,也是对奥运精神中公平竞争的捍卫。

而在孩子们夺冠之路上,卡德尔村长全力支持他们,也正是因为他意识到这群孩子在追求梦想过程中所彰显出的积极、乐观、进取精神的普泛性意义,所以他才能利用这种精神鼓舞村民们的斗志。在断流的阿拉干河边,村长娓娓道出沙尾村那段令人怀念的历史,为修建红旗水库,沙尾村的村民敲着手鼓,高声喊着"乌俊姆",只用3个月就修好了水库。而今,面对河水断流、沙漠侵袭时,沙尾村人却连打10口井的勇气都没有了。在村长看来,沙尾村的孩子可以当世界冠军,而孩子们拿下地区比赛的冠军的意义在于,能让沙尾村人像过去一样充满斗志。果不其然,孩子们第一次获得比赛胜利,不仅让孩子们找到了自信心,也让原本各自怀揣小算盘的村民意识到"我们不能比自己的孩子差啊,我们也要做出个样子给他们看看"。于是,村民们主动找到村长参与到打井活动中,在响彻云霄的"乌俊姆"呐喊声中,打出10口机井,种下3000棵胡杨树。从某种意义上来说,沙尾村的村民正是受到孩子们因追求梦想而焕发出的体育精神的影响,从而振奋了精神,团结一致争取生存和发展的空间。而这种精神,也是"奥运精神"超出体育竞技范畴的一种延伸。

《买买提的2008》在传统体育片的困境表达和信念表达的基础上,还彰显出和谐共存、开拓进取的人文主义精神,对观众具有普遍的激励意义。

中华民族身份的整体建构与国家认同

2008年北京奥运会的举办使得中华民族百年奥运梦想得以实现,这是我国多民族大家庭中各族人民的荣誉与骄傲。影片通过讲述维吾尔族孩子们参与到实现中华民族奥运梦想的过程,构建了一体化的中华民族身份,强调了同处一个大家庭中的各民族的共同荣誉感以及对国家的认同感。

影片中沙尾村开始其实是处于被边缘化的状态,买买提来到沙尾村本希望找到村长组建足球队,赢得地区比赛调回原单位,但没想到提及此事的时候村长并不重视,说"这有什么重要的,没工夫理它",并递给他村里打井的报告让他校对。后来在全村村民大会上,当买买提再次提到奥运会,提到组建足球队的时候,他与村长发生了这样一段饶有趣味的对话:

买买提:"大家都知道北京奥运会吧?!"

村长:"北京的奥运会跟我们沙尾村有什么关系?"

买买提(拿出奥运会印章图):"你们见过奥运会的印章吧,奥运印章就是用和田玉刻制成的。"

村长开玩笑:"国家打算把北京的奥运会搬到和田来了?"

众人哄笑。

当国家正在首都北京筹备举办世界瞩目的奥运会的时候,处在西北边陲的沙尾村村民却为了守护住沙漠边缘生存的防线必须要艰苦奋斗、自食其力、打井种树,北京奥运会对他们来说只是一个遥不可及的梦。这段引人发笑的对话的背后,其实是沙尾村被边缘化的事实。

然而恶劣的生存环境并没有让这里的维吾尔族人民丧失对生活的乐观与激情。随着情节的发展,我们看到:当买买提提及孩子们有机会前往观看北京奥运会的时候,家长们纷纷响应买买提,让孩子参加足球队;孩子们输球后村里的大婶们集体连夜为孩子们做队服;为配合孩子们的训练,村长贡献出自家的洗衣机;酒鬼"百里香"一改往日醉生梦死的作风,为孩子们做饭改善伙食。村民们所做的这一切都是基于一个目的,就是为了让孩子们有机会参加奥运会。至于孩子们,买买提的"谎言"为他们编织了一个美丽的梦想,足球成为他们成长的动力,他们希望通过踢足球改变自己的生活和命运。在踢足球的过程中,他们逐渐学会了直面挫折、并肩同行,那种因坚持梦想而流露出的坚毅与率真,感动着每一位观众。而这个实现梦想的过程,实质是对国家凝聚力与认同的生成,影片通过这种表述,完成了对中华民族身份的整体建构。

此外,影片中的一些细节表述也突出强调了边疆少数民族对国家的认同。如村里将开大会的院落称为"人民大会堂",而人民大会堂也正是国家举行重要政治活动的场所;当孩子们都以外国体育明星名字当外号时,买买提教练提出谁将外号改为中国体育明星名字就能当队长,有孩子立即提出将外号改为刘翔、孙雯;在谈梦想时,一个孩子提出要在北京奥运会场外建立世界最大的馕坑卖烤馕,外国运动员五折、中国运动员不要钱;当"马拉多纳"被问道,如果他们去不了奥运会怎么办时,他坦然回答道,做手鼓挣钱买飞机票去北京看奥运会。

少数民族女性参与到公共空间与奥运同行是中华民族一体化的又一体现。影片中的迪丽娜尔作为足球教练,初次到体育局报到时被买买提轰走,在带领队伍与买买提对阵球场时被买买提瞧不起,但迪丽娜尔却通过自己的努力让大家看到了她的实力。最后终于让买买提意识到自己的错误,并在买买提的百般挽留下担任"梦想足球队"的教练。而孙雯米纳尔作为一个女孩子却有超出同龄男孩的成熟和勇气,她不顾男孩们的嘲笑,执意参与到足球训练中,在训练出现问题的时候提出有效的建议解决了问题,在决赛队员不足的情况下她替补上阵,在决赛的紧要关头踢进一球为"梦想足球队"赢得了胜利。作为弱者,她的进球无疑是震撼人心的,尤其是决赛球场上随她奔跑的红裙显得格外鲜艳,为影片增添了别样的色彩。迪丽娜尔、孙雯米纳尔这些女性在影片中的价值,正是通过参与中华民族一体化进程并在其中担任不可或缺的角色而得到实现的。

地域元素与时尚元素的巧妙融合

这部影片的拍摄主要在吐鲁番和库尔勒地区完成,大片的胡杨林、金色的沙漠,以及具有浓郁维吾尔族风情的村庄,都展现出新疆特有的地域风貌,而影片本身的题材、音乐及一些现实桥段的添加,又使得这部影片不乏时尚感。加之导演对叙事节奏的掌控,以及对构图、剪辑等电影语言的恰当处理,使得整部影片呈现出一种节奏明快、清新幽默的风格。

影片的背景故事取材于塔克拉玛干沙漠北缘阿图什市上阿图什镇百年足球村依克萨克村的真实故事。据说从前有个商人将皮球带到了这个村子,从那时开始,村民们就很迷恋足球。1927年5月,英国、瑞典驻新疆喀什领事馆的人联合当地的英国人与村民们踢了一场足球赛,村民们团结一致合力将英国人打败,之后合力对抗英国人的精神就一直在这个村子里流传。如今在这个足球村中,无论男女老少都会踢足球,而这些村民的家里也都挂着国际足球巨星的海报,对这些巨星了如指掌,村民们除了农活以外最大的爱好就是谈论足球。尤其是这里的孩子们相互之间都不称呼本名,而是称呼以国际足球巨星名字命名的绰号。导演组在村子里作采访,孩子们就喊道"马拉多纳,嗨,过来,他们要采访你","罗纳尔多,过来",甚至有些老爷爷连孙子的名字都不知道,就直接称呼"马拉多纳"这样的绰号。① 这样一个沙漠深处村庄的足球题材故事,既具有少数民族风情,虽文化传统却不显得封闭落后,本身就充满了现代感和时尚感,也具有浓厚的传奇色彩。

而影片开场就将这样的背景环境形象生动地表现了出来:一群孩子在维吾尔族古村落快乐地踢着足球,街上的打馕师傅、理发师等各行各业的男女老少几乎都能秀一把足球技术;村委会的玻璃被足球打破了15块,村长也不责骂他们;孩子们互相称呼"罗纳尔多"、"马拉多纳"等国际足球巨星的名字;当买买提问他们是否知道足球的时候,他们还问"是英超还是曼联,意甲还是皇马"。这里的孩子们活泼可爱、朝气蓬勃,丝毫不亚于大都市的时尚男孩们,加之导演快速剪辑手法的运用、大量近景和特写镜头的运用以及加入具有节奏感的手鼓音乐,影片开篇充分表现出了运动的轻快和欢乐之感,奠定了整部影片轻松活泼的基调。

音乐也为影片增色不少。主题曲中唱道:"黄沙和风儿一起流浪,寻找那自由自在的天堂。我们和风儿唱起刀郎,快乐是我们的家乡,我的家乡。胡

---

① 参见《买买提的2008》,载《当代电影》,2008年第6期。

杨开花,为了千年的梦想;红柳茁壮,扛起永远的坚强……"稚嫩的童音演唱与大片金色的胡杨林和无边无际的沙漠相互呼应,展现了孩子们积极乐观、活泼向上的精神面貌。在梦想足球队比赛失败的那场戏中,导演用慢镜头给了这些孩子们特写,配上歌曲的吟唱,极其形象地表现出孩子们输球后失望、难过、落寞的情绪。而古老的刀郎木卡姆的旋律更是深刻融入到影片中,手鼓明快的鼓点与孩子们运动的节奏相互结合,极大地增强了画面的表现力。此外,木卡姆音乐中还融入了大弦乐的曲子,以及孩子们出征赛场时集体合唱的歌曲《We will rock you》又使影片多了一份现代感。

塔克拉玛干沙漠周围的自然景观与维吾尔古村落的人文景观突显了新疆的地域特色和民族特色。在阳光下泛着金色的胡杨林、日出日落时广袤苍凉的沙漠和连绵起伏的沙丘,展现了新疆瑰丽多姿的自然风貌,给影片带来了美轮美奂的色彩效果。而维吾尔古村落的白色院墙、木质雕刻门窗、古朴宏伟的伊斯兰建筑等等,都突显了新疆浓郁的地方特色,带来了唯美动人的艺术效果。

现实桥段的设置与诙谐幽默的台词增加了影片的喜剧效果,"齐达内顶头事件"、"黄健翔解说门"都在影片中有所提及,而诙谐幽默的台词更是体现了维吾尔族民族气质的渗透,如老村长在影片开始时"齐达内"和"马拉多纳"发生矛盾后说"我今天要把斗输的鸡娃子关到笼子里去";在买买提与孩子们初次见面对话时,村委会的广播里传出"某家的羊生了40只小羊,大家都去问问给羊喂了什么?某家的牛生了一头57公斤的牛娃子,刚站起来就叫我要吃草、我要吃草";在村民大会上"百里香"提出"凭什么我们要团结在村委会周围"时,老村长反问"难道我们要团结在酒瓶子周围?"这些台词的设计自然且不显刻意,散发出浓浓的维吾尔族人的生活气息,足见导演在细节上所下的功夫。

影片《买买提的2008》在立足于少儿体育题材、展现奥运精神的基础上,将喜剧性、地域性、民族性与类型化有机结合在了一起,创新表达了少数民族的梦想,也彰显了少数民族在多民族国家现代化进程中积极昂扬的精神面貌。影片上映后,获得了各方的高度评价,也受到了广大观众的喜爱,在国内外荣获了诸多奖项。

精彩链接:

作为新疆本土电影的《买买提的2008》关注儿童心灵世界,为民族电影的发展开拓新的思路,值得研究。有人曾经提出这样一个问题:"值得我们警醒的是,当强势的好莱坞大片及其高新技术、庞大资金构成的'美丽的诱惑'步步逼近之际,我们的电影人会不会遭遇被好莱坞'收编'的尴尬呢?"他是看到民族电影缺乏自己的特色和竞争力,提出了质疑,拷问电影人如何发扬中国电影的民族优势,和好莱坞电影一争高下,将中国文化通过电影传播到世界各地。所以,我国应大力发展特色电影,特别是儿童电影,注重培养这个方面的电影人。但是,中国儿童电影与世界儿童电影还有很大差距。如何从中国儿童电影上进行突破,表现民族特色,这是这部电影给出的一个思考角度。因为关注中国儿童电影发展的电影人群体并不强大,针对新疆儿童电影题材的就更少了。在这种情形下,《买买提的2008》以独特的电影视角,通过天籁般的刀郎音乐、炫美的新疆色彩、12个活泼天真的足球小子,造就了一个具有新疆本土特色的电影世界。

——卢兆旭《新疆本土电影〈买买提的2008〉的艺术特色》,载《喀什师范学院学报》,2011年7月第32卷第4期

《买买提的2008》以一种独有的影像方式阐释了奥运精神对一个村庄的改变,它以一种边缘的言说方式叙述了中心的话语,以一种非主流的形式重述了一个主流的话题,最重要的是,它以一个最简约的故事呈现给大家一个很励志的梦想。这部电影为新疆本土电影如何结合时代语境,打造具有个性特色的民族叙事,如何通过引荐、吸纳、融会外来的艺术成果,探索新疆独有的民族化影像表达方式开辟了道路。

——王敏《论新疆本土电影创作的新气象》,载《新闻界》,2010年第6期

塔里木河的沧桑故事
——《大河》

编剧：张冰

导演：高峰

主演：李乃文　伊斯拉木江·瓦力斯　奥丽娅（俄罗斯）　赵毅　山鹰（乌克兰）

出品：天山电影制片厂

年份：2009

大河

故事梗概:

塔里木河的断流日益严重。为彻底治理这一流域,陈南疆主张炸掉大坝,却遭到民众的一致反对,因为那是他们老一辈人的心血。20世纪50年代,陈南疆的父亲陈大河与同学们一起来参与支援边疆的工作,主要是实地勘测并整理塔里木河的水文资料。途中陈南疆偶遇了前来协助的苏联专家组的翻译冬妮娅,两人陷入爱河。陈大河等工作人员与当地民众齐心协力,突破艰难险阻,终于成功修筑了大坝及引水渠,阻拦了年年带来灾害的洪水,造福一方人民。陈南疆等人用事实依据说服了众人,政府也将塔里木河流域的综合治理列为重点项目,最终大坝被炸,塔里木河流域的生态环境得到改善。

《大河》讲述了一个治理塔里木河的故事,其片名一语双关,既是主人公陈大河的名字,也是对塔里木河的描述。塔里木河是世界第二长、中国第一大的内陆河,河水很不稳定,被称为"无缰的野马",它的平静无波抑或波涛汹涌都对这一流域的生态环境及经济发展起着至关重要的作用。该片作为新中国成立60周年的献礼片,以史诗般的笔触描绘了这条河的沧桑与传奇,陈大河与陈南疆这两代人对塔里木河的工程建设,大河与冬妮娅这对恋人的跨国恋情,个人命运与国家命运的息息相关,其中的压抑与挣扎都表露无遗,历史的厚度及人性的温度在影片中得到了充分的展示。

该片曾荣获第13届中国电影华表奖优秀故事片奖及优秀编剧奖两个重要奖项,也得到了观众的一致好评。

时空交错的叙事艺术

影片采用了交叉叙事结构,在两个时空中叙事同时推进:50年代陈大河对塔里木河的筑坝工程,90年代儿子陈南疆对塔里木河的炸坝建设;50年代陈大河与冬妮娅的爱情赞歌,90年代陈南疆与贝尔娜的兄妹之情。前者为主线,后者为辅线,共同向观众表述了一段沉重的历史和一个可歌可泣的故事。

片中转场设计得非常巧妙,总是会选择一些契机,如某种声音或者某个细节,通过镜头转换,自然流畅,不显突兀。

影片开片大海子水库正准备施工,民众却集体抗议,陈南疆听闻后到场调解,想带头迁走自己父母的坟,却由于民众安土重迁的思想遭百般阻挠,最终陈南疆被迫妥协,跪在父母墓前无声地流泪。这时音乐响起,镜头转向一块墓碑上并给了上面的名字一个特写,接着火车的轰鸣,间或夹杂着车轴转动声、手风琴声以及歌声,就将我们带进了那个尘封的年代。旧式火车上,年轻女子一身军装,手中拿着本子,扎着两条辫子,那是那个时代的典型装束,也是故事的开端。车厢里,有人在唱歌,有人在学维吾尔语,而当苏联专家组经过时冬妮娅的蓦然回首,让陈大河失神了好久,这里就已注定了二人命运的交织。

陈大河被冬妮娅的出现惊呆了,手中的本子掉落而不自知,被班长一叫才回过神来,弯腰捡起。接着是一个特写镜头,一只手拿起了毛毯上的两个

笔记本,镜头上移,赫然出现的是老年吐尔逊的面容。同一个动作,却跨越了两个时空,镜头的切换在这里运用得恰到好处。吐尔逊,既是陈大河的同事兼好友,又是陈南疆的养父,他是这段历史的见证者,无疑是最有发言权的。因而影片通过他的旁白的穿插,也增加了叙事的连贯性。

一个政府工作人员向吐尔逊报告陈南疆执着地要去实地勘测,以事实为依据说服领导和民众治理塔里木河,吐尔逊听后失笑:"这小子,表面不动声色,骨子里和他老子一样,闷头干大事。"以这句话为契机,镜头又转向了50年代,在哈密站陈大河正与班长几人话别。

陈大河与冬妮娅、吐尔逊在河道上进行勘测,突发洪水,冬妮娅在坡下,又崴了脚,陈大河二人救援不及,眼睁睁地看着她被洪水吞噬。浑浊的巨浪,翻卷着泥沙,充斥着整个画面……"啊!"吐尔逊猛然惊醒,原来是一场噩梦。这处也串联得自然巧妙。

老年的陈大河正坐在窗前给儿子写信,信未写完,手中的笔就掉在了桌上,他便这样安静地去了。风,从窗外吹进,白色的窗帘翻飞,片片纸张飘落;风声大作,卷起了漫天的黄沙,原来是陈南疆兄妹在勘察途中遭遇了沙尘暴。这里同样是以声音为契机进行了时空的转换。

影片中多处利用声音、自然景物或某句话、某个动作进行交叉叙事,既讲述了治理塔里木河的一段历史,极具质感和沧桑感,又能有效吸引观众。

浪漫传奇的异国之恋

导演高峰曾说:"我拍电影有一个基本思路,就是传奇的东西要可信,而平淡的东西也要让它有观赏性。"[①]《大河》是一部史诗性的影片,它的传奇性不仅在于两代人对塔里木河的建设,个人命运与国家命运的息息相关,而且也在于那跨越国界的纯真恋情。虽然这段恋情并不惊天动地,却感人至深;

---

① 高峰等:《大河》,载《当代电影》,2009年第9期。

影片没有大肆的铺陈渲染,却一样勾勒出了他们深入骨髓的眷恋与柔情。

在那节简陋的老式车厢里,冬妮娅与陈南疆相遇,一个是苏联专家组的美女翻译,一个是武汉水利学校的愣头毕业生;冬妮娅不经意的回眸,令陈大河完全呆住了,这一眼,成为二人交集的起点,他们相识、相知、相爱,他们的爱情贯穿了全片,也为这部现实主义的影片增添了一抹浪漫主义色彩。

医院病床上的告白、芦苇荡中的亲吻相拥、面对洪水的生死与共,这些场景,或浪漫、或唯美、或惊险,都是他们爱情的见证。陈大河发烧住院,冬妮娅一直悉心照料。大河说了感谢的话,冬妮娅听后饶有兴致地问道:"你知道我为什么对你好吗?""因为,因为你喜欢我。"冬妮娅摇头道:"不,我不喜欢你。"陈大河有些失落。冬妮娅见状起身吻了他:"我是有点爱上你了。"大河听后瞪大了眼睛,有些受宠若惊。他抚摸着冬妮娅的头,两手相握,含情脉脉地说道:"我也是。"

这段对话是温馨而甜蜜的,为影片增加了不少情趣。这时吐尔逊叙述着:"在历时两年多的普查和勘探工作中,冬妮娅被大河的执着、善良和热情所打动,在中苏关系即将破裂的前夜,他们深深地相爱了。"有一场离别戏也是不得不提的,冬妮娅因临时有事要回国,当时没有寻见大河,陈大河得知消息后骑马追逐外交车队。因有军队把守,前方的外交车队不能停下,陈大河就在后面执着地追赶着;陈大河声嘶力竭地喊着冬妮娅的名字,冬妮娅也将半个身子探出了车窗,朝他挥手、哭泣,却无能为力。后面车上的士兵威胁要向陈大河开枪,眼看一场"生离"就要演化为"死别",多亏吐尔逊及时赶到阻止陈大河,才避免了惨剧的发生。

在中苏边境接待站中,冬妮娅终究不舍,要收拾行装返回找大河。安东诺夫教授试图劝说:"看来你一定要走,我们每个人都会有爱情,可他值得你这么做吗?他是中国人,你是苏联人。""我愿意当一个中国人。"冬妮娅用坚定又平静的口吻说道。教授听后给她嘱咐了几句,便协助她逃走了。

由于中苏关系的破裂,这对跨越民族与国界的恋人面前也横亘着一条鸿沟,到处都充满着压抑沉闷的氛围。冬妮娅返回到陈大河身边,却只能远远地看着他,因为自己若被发现会被当成特务,从而连累大河。后来在阿布都拉大叔一家人的协助下,冬妮娅终于挣脱枷锁,有了新的身份,从而与大河举办了隆重的婚礼。

婚后的生活依然幸福,只是看到寄给母亲的信被退回,冬妮娅会黯然流泪,大河便搂着她安抚她。洪水来了,陈大河跑到大坝上"誓与大坝共存亡",冬妮娅紧跟着跑了上去,与他相拥,直面咆哮而来的洪水,巨浪打湿了他们一身。看到大坝安然无恙,他们喜极而泣。至死,他们仍夫妻情深。

他们的爱情为现实主义的叙述增添了几分浪漫的情怀,为压抑而艰辛的工作增添了几分情趣,使人物形象更加丰满,也折射了那段历史的沉重与沧桑,是影片中必不可少的一部分。

塔里木河孕育的子民

《大河》被赞为具"思想性、先进性、政治性"三性合一的优秀民族电影,[①]它向观众传达的是对共产党及社会主义坚定的信仰,是对新疆水利建设的无

[①] 转引自朱冬梅:《论电影〈大河〉的叙事艺术》,《电影文学》,2013年第11期。

私奉献，也是面对困难仍然勇往直前的勇气。

两代人——陈大河和陈南疆父子实际行动相悖，但共同的目标都是致力于塔里木河流域的治理；中苏两国的很多年轻人投入到支援边疆的工作中，苏联水利专家组也前来协助，都是为了塔里木河的综合治理；陈大河等人与当地的少数民族群众在工地上挥汗如雨，修引水渠、筑造堤坝，就是为了阻拦年年成为灾害的桃花水，也是为了塔里木河的治理。当大坝成功阻拦了洪水时，大家喜极而泣，振臂高呼："共产党万岁！""大坝万岁！"他们为了塔里木河流域的治理竭尽所能，为了造福一方百姓呕心沥血，他们都有着崇高的品质。

安东诺夫教授顶着上级的压力暗中将塔里木河的真实水文资料交给冬妮娅，并郑重嘱咐她一定要转交给陈大河；方文刚为了好友陈大河的安危，自己揽了一切"罪责"，被发配教书，从此杳无音讯。片中还有一个非常鲜明的人物角色，那就是阿布都拉大叔，他是一位善良热情的维吾尔族人，也是一位智慧幽默的老人。

当吐尔逊介绍陈大河及方文刚与当地民众认识时，阿布都拉大叔当即提议要拿塔河的大头鱼好好招待客人。"要是让孩子们过来，鱼就不够吃了。""先给客人们吃，要把他们招待好，剩下的烤鱼，我们给孩子们带回去吃。"阿布都拉大叔回道。这是维吾尔族人民热情好客的体现。

施工过程中没钱买水泥，阿布都拉大叔与村民商量，除去老人、娃娃及喂奶的妈妈，他们每一个人每顿饭少吃半个馕，水泥就有了嘛。老人也幽默，当方文刚提议也加上他们的口粮时，阿布都拉玩笑着说："那不行，你们现在比吃奶的娃娃都值钱啊。"民众闻之畅笑，陈大河两人不语，心中感动。

冬妮娅因为是苏联人，迫于当时的政治压力而与陈大河"可望而不可即"，这时阿布都拉大叔毅然将冬妮娅认作了自己的女儿，并为他们举办了隆重的婚礼。方文刚被带走审问,阿布都拉大叔就果断到局里强烈要求放人。

影片中还有一场戏也是感人的。陈大河来见垂垂老矣的阿布都拉大叔,老人希望大河带自己到一个有水的地方。两人来到了大海子水库,波光粼粼的水面上有一只独木船,老人划着桨,一人在船头,一人在船尾,相对而坐。陈大河感慨:"这次我出来,把这条河又走了一遍,下面的胡杨快死光了,台特玛湖也干了,我在想啊,如果当初我们不修这些水库……"话未说完,就被老人打断了,他开解道:"胡大为啥没有让人的眼睛长到后面,胡大让我们的眼睛往前看。"这是老人临终前的最后一句话,桨滑落到了水里,阿布都拉大叔最终还是死了在这条大河上。

这位老人的一生都在这条塔里木河上,他是万千塔里木河子民的一个缩影、一个典型,他们为了塔里木河的建设无私奉献着、期盼着、守护着,也深深眷恋着这条大河。

《大河》与"水"的不解之缘

这部影片与"水"有着不解之缘,片头及片尾塔里木河流域治理后的美景,片中多次破坏农作物并带来死亡的桃花水,还有婴儿时期的陈南疆躺在独木船里在河中飘荡的温馨画面,阿布都拉大叔在水面上生命的终结,这种种场景,都赋予了"水"丰富的意蕴。

片头是塔里木河流域的航拍,金灿灿的胡杨林,蜿蜒曲折的河流,宽阔的河面,还有那即将干涸的河床,一架直升机飞过茫茫沙漠,紧急救援倒在沙漠中的人,故事便从这里开始讲述。这是塔里木河断流严重的真实呈现,因而陈南疆坚决主张炸掉大坝。而片尾炸掉大坝后,塔里木河中下游又恢复了勃勃生机,碧波荡漾的塔里木河,水鸟群飞,动物归野,与片头的景致前后呼应,也再次点明了主题,即对塔里木河流域的综合治理,人们还在不断奋斗中。

影片中也多次出现了贼娃子似的桃花水。陈大河三人到达英苏村的当夜是一个雷雨之夜,第二天再去地里一看,一片狼藉,这一场桃花水已毁了英苏村百姓一年的口粮,而且还淹死了一家村民。再次出现桃花水时,陈大河与冬妮娅相拥站在堤坝上,注视着咆哮而来的洪水,看到洪水被堤坝拦住,人们喜极而泣。之后陈大河与吐尔逊、冬妮娅三人在勘测途中又遭遇了桃花水,这次洪水无情地吞噬了冬妮娅,这也是她生命的终结。

而片尾炸掉大坝后,看着浑浊的塔河水逐渐淹没了陈大河与冬妮娅的坟地,看着河水涌过毁了的堤坝,人们不禁眼含热泪。"如果坟迁走了,他们就听不到波涛的声音,也闻不到河水的气味,他们会怪我的。"陈南疆如是说,"同阿布都拉大叔一样,他们的生命也依托在这条大河上。"

婴儿时的陈南疆躺在独木船里,在河面上悠悠荡漾,伴随着柔和的维吾尔族摇篮曲,画面温馨而恬静。"水"的这种温和、静谧的姿态在片中是少见的。

沙漠中的水是弥足珍贵的。陈南疆与贝尔娜在勘探途中突遇沙尘暴,二人只剩下了一瓶水,陈南疆一直照顾妹妹,水也只留给妹妹喝,最终自己因体力不支而倒下。最后一刻,他让贝尔娜自己走,因为两人一块儿是无法脱险的,并嘱咐她20分钟喝一口水,等她喝完剩下的半瓶水,也就能到营地了。相对于陈大河与冬妮娅的爱情线而言,陈南疆与贝尔娜的亲情线是薄弱的,对于他们的情感变化观众只有一些模糊的概念,只能自己去猜测,而这场沙漠遇险戏是兄妹矛盾解除表现得最为明显的戏,这里"水"的细节也使故事更加感人,情感的变化更能打动人心。

因而影片中出现的"水"已不是单纯的字面意思,河流、洪水、沙漠中十分匮乏的水资源,通过几个事件和画面表现,无论是自然景观还是灾害,带给人们的是温馨抑或恐惧,都赋予了"水"更加丰富的内涵。

精彩链接:

《维吾尔族摇篮曲》歌词:

睡吧

宝贝睡在大河上

塔里木就成了妈妈

睡吧

宝贝睡在大河上

胡杨树就成了爸爸

……

　　这首维吾尔族摇篮曲既作为片中插曲出现,又作为片尾曲进入了观者的心间。歌词简洁,但曲调绵长,意蕴隽永。大河,塔里木河,故乡的河,也是一条美丽的河,它是新疆的母亲河,更是一条沧桑传奇的生命之河。

钱在路上 情在心间
——《钱在路上跑》

编剧：阿尔斯郎·阿布都克里木　董丹蕊
导演：阿尔斯郎·阿布都克里木
主演：阿不都克里木·阿不力孜　买买提江·肉孜　迪力夏提·巴拉提
出品：天山电影制片厂
年份：2014

故事梗概：

　　新疆南疆的一个小乡镇上有三个"里木"，他们分别是克里木、阿里木和赛里木。三人中，克里木敢想敢干，有点小聪明；阿里木正派耿直，挺着一个将军肚；赛里木就是一个年轻憨厚的巴郎子。克里木办法多，消息广，通过穆萨工头得到了一个去城里赚钱的机会，就带上了一心想迎娶心上人古丽仙的赛里木去赚钱，阿里木也偷偷摸摸地跟着他们来到了城里。在城里的工地上，穆萨正在与一位老人谈论某件数年前遗失的东西。就在当晚，阿里木三人意外发现一个装满1955年旧币的铁盒子。三人惊喜之余商定好第二天就去银行换钱，克里木为了保险起见，特意瞒着其他两人，把钱秘密地藏在老实憨厚的赛里木的行囊里。谁知第二天赛里木就不见了，阿里木和克里木以为他卷款潜逃，但真相是赛里木知道古丽仙即将被母亲许配他人而赶回家乡，他并不知道自己的包里藏着这笔巨款。紧随"钱"跑的阿里木、克里木与赛里木相见之后解除了误会，他俩顺势想拿着钱帮阿里木说亲，谁知被古丽仙的妈妈发现钱款样式不对，吃了闭门羹。在银行换钱无果后三人颓丧不已，在机缘巧合下，有一位大老板向他们高价回收这些旧币，三人因此在豪华的酒店里过了几天高枕无忧的日子。穆萨通过分析，很快套出了他们挖到旧币的消息，阿里木一行人紧张不已，决定赶紧逃离酒店。汪老板惊闻三人已走，也赶紧开车去追，另一边穆萨更是紧追不舍。阿里木三人一路奔逃，筋疲力尽，甚至在胡杨林里迷失方向，三人追悔不已，互相埋怨，没想到祸不单行，他们遭遇了沙尘暴。在最后关头，赛里木终于联系到了古丽仙，因此他们获救，脱险后的他们将旧币通过穆萨还给了政府，也洗刷了当年经手这笔钱的出纳老人的冤屈，获得了踏踏实实的幸福。

　　该片主要讲述了在新疆南疆三个农民阿里木、克里木、赛里木进城打工，在工地发现一笔意外之财而引发的一系列"追钱"的故事。其间情节精彩，搞笑不断，令人感慨频生，且民俗元素融合得恰当自然，在嬉笑怒骂之中传达出隽永的道德思考。

在新疆电影的题材选择上,喜剧片应该是一个有着得天独厚的人文资源的片种。首先,新疆各少数民族大部分都具有豁达乐观、幽默风趣、智慧勤劳的品质,他们的民俗故事中的很多逸趣传记,为喜剧类型故事片提供了丰富的素材。其次,民俗元素的融合,会给受众异彩纷呈的感官体验,一定程度上满足了观众民族的猎奇心理,也更容易让本民族受众在观影过程中达成民族心理上的共鸣。再者,中国电影历来有一个突出的特点就是"文以载道"的教化功能,《钱在路上跑》的主题理念也恰巧契合了这一点。通过一笔传奇巨款辗转之旅,让三位主人公认识到只有通过诚实劳动获得的财富才是自己应得的,耍花招、不劳而获都是不被认可的。可以说,这些主题理念在新疆目前经济飞速增长的态势下,对公众价值观有一定的引导教化作用。

本文将从电影喜剧元素融合的时代性、民族风情的特色展演、人性真情的朴素书写三个方面来评析该片。

喜剧元素的时代表达

该片的背景是在现代南疆小镇,大体同步反映了新疆目前发展变化的时代主题和现实生活。

电影一开始,三位主人公的出场情景是一场激烈的斗鸡比赛,三人诙谐的对话让我们知道他们要参加农运会,影片由此很自然地交代出了他们的日常生活,也带出了他们各自的性格特点。此外,小镇上孩子们随着动感的音乐节拍跳舞,连阿里木的妻子也扭着圆溜溜的身体加入其中,让观众首先就感受到了轻松愉悦的生活气息,小镇人们安居乐业,农闲生活也是丰富有趣的。

当赛里木惊闻古丽仙要去县城相亲,他也不管什么斗鸡比赛了,飞速地跑起来,见车不避,"飞檐走壁"地穿过去,看见班车即将出发,他健步如飞,马上就要追上班车,却差一步之遥。一不做,二不休,赛里木横下心来飞蹿到车前,一个倒栽葱,"稳稳当当"地平躺在了班车前。就在千钧一发之际,班车一个急刹车停了下来。灰头土脸的赛里木拍拍土立刻就爬起来,想要赶快找古丽仙的妈妈说说情。这一连串的动作惊险刺激,简直就是乡村版"跑酷",这一时尚元素的贴切融合,不得不说也是一种时代气息的体现。

在克里木获悉可以有赚大钱的机会时,工地翻建重修的信息点以及镜头中闪现的亚欧博览会宣传标语,都说明新疆在不断地发展变化。与此相对应的,丢失购买设备的钱款而蒙冤数载的老人意味着数年前的新疆也是在不断向前迈进发展。小镇上的农民有意识地向城市流动,通过打工来赚钱,大老板收购旧币、倒卖旧币的惯用伎俩生动体现了在市场经济的运作中,不乏如此居心不良的奸商,他作为一个反面人物也是真实可信的。这些剧情细节也是对现实生活的一种反映,也让受众对故事的情节发展有了更深层次的认同。

其次,不得不提的一点是该片的创作技术的成熟决定了它可以采用更为丰富的表现方式来架构影片,这一点是相对于剧情之外的技术考量。

就如片头那令人耳目一新的以动画片形式的故事导入,影片用各具情态的动画人物勾勒出三个主人公的形象:倚门探看的阿里木,慌不择路逃窜的三人行,再看随后出现的真实场景中的人物就好比将动画人物投射了出来,新鲜有趣。片中两车相撞的情节是由活泼有趣的动画来过渡,而非直接展示真实场景,与其说它是回避,不如说它一个喜剧化的神来之笔;以及在展示维吾尔族民间婚礼盛大场面时所采用的大全景俯拍视角,影片最后在展现救援场面时所采用的大范围场面调度,还有表现沙尘暴来临时的危急情况,都是依靠目前的技术支持才让这些镜头能够更完美地呈现出来。

影片镜头语言的新鲜有趣,离不开创作团队的构思设计,也离不开时代技术所给的支持。这些具有时代性的元素让这部喜剧更贴近大众现实生活,更容易引发受众群体对这部影片的文化认同,从而更容易使人们感知和理解电影传达的生活哲理。

民族风情的特色展演

每个民族都有自己独有的民族风情,这体现在生活中每一个不经意的细节,电影《钱在路上跑》正是把握住了生活的细节,让故事显得接地气、有味道,让受众体味到了浓浓的新疆风情。

片头动画元素中将车辆飞驰的马路化为色彩斑斓的艾德莱丝绸,三个主人公动画形象出现的场景中就曾出现过维吾尔特色纹饰木头大门,这些先声夺人的民俗元素细节就把我们带入一个具有民族风情的故事当中。

影片中女性角色的穿着打扮,都凸显着浓郁的民族着装特色。无论是阿里木那和他一样肥胖圆实的妻子,还是美丽温柔的古丽仙,再或者是克里木的岳母、妻子,她们身着的都是不同色调的维吾尔民族服饰。艾德莱丝绸的华美绚丽,似乎也是在映衬着影片中人物淳朴热情的性格共性。

电影中所展现的许多生活细节也有突出的民族地域特点,其中值得一提的便是出场次数或许并不算多的"饮食民俗"。如克里木一行人为逃脱追赶无处可去,只好暂时奔逃到他的岳母家。岳母和妻子看见他们的狼狈样,赶紧给他们开火做饭。在等候开饭的间隙,他们盘腿坐在土炕上,看着床中间炕桌上摆着的时令瓜果,吞咽着口水。不一会,三盘热气腾腾的拌面上桌,平底大盘盛着细溜的拉面,满盖着可口的炒菜,于是三人立刻狼吞虎咽地吃了起来。克里木的岳母生怕不够又叫加面,可见新疆美食的诱人。同样是三人在路上躲避追讨,在一家荒滩小店暂留,吃的也是拌面,为了逃难,他们还特地准备在小饭馆里买些吃食作为干粮,"馕饼子"可以说是当一不二的首选,同时它也是新疆人民饮食生活中最传统最大众化的面食。这些平民化视角的饮食呈现显得自然真实,毫不矫揉造作。再比如三人被大老板迎为座上宾,在酒店享受到了对于他们来说的"饕餮盛宴",自助餐台琳琅满目的各色美食让他们目不暇接,除了新疆本土的西瓜、哈密瓜、葡萄,更有各色南国水果,更不用提肥滋滋的烤羊肉、香喷喷的抓饭。胖乎乎的阿里木当仁不让地端着满满一大盘手抓肉坐在桌前尽情享用,因为拿得太多又怕剩下,最后可怜、可爱的阿里木只得挺着撑得圆溜溜的肚子扶着墙出了自助餐厅。这一情节不但体现了阿里木的人物性格,也将新疆美食元素渗透到观众的欣赏之中,毕竟饮食承载着一个民族的传统文化,包含着一方水土的真切滋味。所以这些饮食风俗的展现也是与剧情、与人物浑然一体的。

关于民族风情展现的经典镜头莫过于那段维吾尔族民族婚礼的场景。在一望无际的胡杨林中,有一汪蜿蜒清澈的河水,胡杨的明黄淡绿之色掩映着河水的清透澄澈,阵阵悠扬欢快的音乐声自河面传来,带着水声的润泽又蕴藏着如同胡杨般生生不息的热情。在大全景俯拍镜头下,一个由卡盆①组成的迎亲队伍浩浩荡荡而来。每个卡盆上都是身着艳丽民族服饰的维吾尔族青年男女,他们载歌载舞欢庆婚礼。镜头推至卡盆,卡盆上也都描绘着鲜艳的带有浓浓的少数民族风情的图案纹饰,其中新人坐在装饰最美丽的卡盆上。迎亲队伍满载着幸福与欢歌一路前行,沿岸也尽是前来祝福观礼的人群,如斯美景令人情不自禁地也想要融入其中。在婚礼现场,新郎、新娘端坐在正厅,厅堂院落由葡萄架围绕覆盖,还有颜色喜庆的纱帘布置其间,鲜花美食列案在侧,地上墙上都铺着花纹艳丽的毛毯,亲戚朋友都在庭院中跳着欢快的刀郎舞,一旁的鼓手、乐手尽情击打节拍,富有节奏感的刀郎舞曲让人沉醉。在其后的情节发展中,赛里木因为与古丽仙有了分歧而郁结难抒,便借着跳刀郎舞来宣泄情绪,背景音乐中重叠着刀郎舞曲的欢快热烈,以及映照古丽仙悲伤心境的插曲。这里不仅是采用以乐景衬托哀情的方式来表现人物心理,更是把民族元素巧妙地融入到人物的生活情境中去。

自然风光的展现在逃难荒原沙漠这段剧情中尽显无遗。在荒漠里,三人争吵斗嘴,阿里木因为身材矮小,站在一株斜倾在地面上的干枯的胡杨木上,背后是一棵兀自生长的胡杨树,远处黄沙漫漫,也衬托出三人当时焦躁无奈的心情。再如三人奔逃时,一个全景俯拍镜头下,干涸的河床上白碱片片,深

---

① 卡盆:南疆塔里木河流域一带群众常用大径胡杨干材凿制独木船,维吾尔语称"卡盆",是维吾尔族捕鱼、渡河的重要工具。

色的泥土与浅色的黄沙交织,河岸两旁胡杨枝叶的颜色犹如阳光般灿烂,由近至远蜿蜒而起,繁盛而去,三人的身影就如三个微不足道的小点在移动,镜头中新疆地理自然风光的壮美与苍凉得以完美展现。

新疆民俗元素的展现,使得本片打上了深深的民族烙印,这对于这部影片主题的个性表达以及人物形象的塑造都有着很重要的意义。

人性真情的朴素书写

语言是塑造人物形象、制造戏剧冲突的重要素材。本片中的赛里木、阿里木、克里木三个人迥异的性格就是通过他们语言和肢体的表达得到淋漓尽致的体现,一个个喜剧包袱的抖落、真情流露的瞬间,都离不开演员们对情节设置、语言表达的准确拿捏。

本片中性格憨厚的赛里木每每遇到需要拿主意的时候,他就老老实实地选择阿里木大哥,常说的一句话就是"阿里木哥我听你的";在干活时,老实勤快的他不在意阿里木的"领导"做派,说着"没事",只管踏踏实实地挖钢筋,还常说自己年轻可以多干点。再如影片开头克里木气恼阿里木要拿他战败的斗鸡来做大盘鸡,说了一句"希望他最好连着鸡毛吃下去,说不定能让他的秃头长出头发来"。这句酸话既有好笑的情节点,还很自然地表现出克里木的机智和恼怒。在戏剧冲突方面,最有趣的莫过于阿里木在酒店看到了金碧辉煌的狮子雕像,便给他的老婆打电话开心地描述自己的所见所闻。不成想,他"动情"的描述让他本就心有怀疑的妻子打翻了醋罐子,认定他在外面拈花惹草,阿里木却毫无察觉,不知道自己的老婆大人怎么就生气了,误会冲突这一喜剧惯用的手法在这里就得到了充分利用。阿里木不辜负一副能吃能喝的模样,影片三次提到饮食方面的情节时,他都有精彩的出镜第一次在斗鸡比赛赢得头筹时,他戏谑地说要把克里木的爱将做成美味的大盘鸡,被克里木讽刺最好能连毛带鸡都吃下去才好,这即体现了阿里木的好吃,也表现了克里木的脑筋灵活;第二次在自助餐厅,阿里木担心吃不完自己拿的东西会被罚款,只好吃得肚子圆滚滚,最后非得人搀着才能移动步子,这一情节把他实在的性格展露无遗;第三次是他在克里木的岳母家吃饱了水果,又狼吞虎咽地吃完了一大盘拌面,此刻已将饥肠辘辘的问题解决了,再上第二盘时,他和其他三人端着盘子,慢条斯理地一根根地"哧溜"着面条,不着急下咽,那副神情明明是生活中吃饱了饭不想再吃了的常态,但是看到阿里木那笨拙可爱的样子又觉得实在有趣,令人忍俊不禁。

除却这些男性主角,本片的女性配角也是个性鲜明,将人物性格表现得入木三分。最典型的莫过于古丽仙的妈妈,她刁钻强势、见钱眼开、翻脸比翻书还快。为了女儿的婚事她操了不少的心,如带古丽仙上城相亲,让古丽仙和会"骗人"的穷小子赛里木断绝联系。再如当发现带来提亲的钱是旧币,可能是骗人的假钱时,古丽仙的妈妈一改刚刚还和颜悦色的模样,立刻下了逐客令,让阿里木和克里木这两个"合起伙来的大骗子"赶快从她家里滚出去。最有意思的就是古丽仙妈妈丰富的表情,她一挑眉就是见钱眼开,她一撇嘴便是风雨雷电要呵退提亲,那一颗长在嘴边的小痣就像是她的表情符,把一个势利的妈妈形象浓缩于此。阿里木亲爱的心肝老婆虽然出场不多,但是区区几个镜头已经在观众心中留下了一个圆滚滚的娇憨可爱的醋罐子形象。更不用说美丽温柔的古丽仙,她有一颗真诚纯洁的心,在看到赛里木不走正道时她焦心无奈,甚至忍痛不再理睬赛里木。可以说,古丽仙是一个勇于付出也勇于追爱的"古丽"。这部影片中许多的小细节既是生活的常态又是取自于生活的乐趣,所以这也正是为什么该片能够深深抓住观众心理,将诙谐有趣的喜剧效果完美展现的原因。

这部喜剧在嬉笑怒骂之余传达出的真情也着实令人动容。如阿里木曾在集市上认真为古丽仙挑选了一块美丽的头巾,当他为古丽仙带上头巾时,两人相望之时满眼甜蜜。但是当古丽仙以为赛里木是在用假钱欺骗自己的妈妈来娶自己时,她失望极了,不明真相的她很难过自己的心上人变得这样糊涂,愤然扯下赛里木专门为她挑选的头巾。此时,赛里木无计可施,满心的痛惜、不舍和委屈,也只能由着克里木将阿里木拖走。等到听到误传古丽仙要结婚的消息,赛里木和古丽仙再次相见时,本来两人指望这一次久别重逢能够冰释前嫌,但是古丽仙苦劝赛里木无果,糊涂的赛里木也是一腔愤慨无处倾诉,就和着刀郎舞用夸张的身体语言来表达他心中的痛苦,可怜的古丽仙只能眼睁睁看着,一样地心如刀绞。

赛里木与古丽仙二人的情感路线简单明白,有情人因钱不能成眷属,古丽仙只求赛里木诚实劳动,别打歪主意,赛里木觉得自己无辜受质疑,不希望古丽仙怀疑他做了什么坏事。一曲舞蹈将他们俩内心的真情流露与心理斗争朴素直接地呈现在观众眼前,让人没办法不为他们扼腕叹息。

在经历生死之劫之后,阿里木、克里木、赛里木终于认识到不劳而获的钱财只会带来无穷无尽的麻烦和痛苦,会把他们拉入无法自拔的罪恶深渊,即使钱财满足了他们的物质需要,但是最终会粉碎毁灭掉他们珍惜的"真情"。在影片最后,古丽仙满含热泪奔向虚弱的赛里木,感情的价值被淋漓尽致地体现,没有诚实劳动得来的意外之财让他差点丧命,而坚持守候的真爱让他获救。那些原本从汪老板那里得来的定金也随着沙尘暴消失得无影无踪,尘归尘,土归土,本来就不应该获得的,终究不会属于自己。影片的最后,三人将钱交还给了政府,也一并洗刷了出纳老人的冤屈,让他们的心灵真正地获得了解放和救赎,获得了真正的幸福,这种幸福是钱买不来的。

本片主题鲜明,人物形象突出,剧情轻松诙谐,寓教于乐,用一个爆笑连连、生动有趣的故事阐释了一个永恒的主题:即在经济不断发展、钱的作用不断被夸大的形势下,人心的正直善良才是最宝贵的,最值得被赞扬提倡的。本片作为天山电影制片厂制作的轻喜剧,在融合了新疆的地域特色和民族特色的基础上,利用商业电影手段,按照大众喜闻乐见的市场需要进行电影生产,满足了正在日益扩大的不同受众的精神需求,让更多的受众对影片所展现的民族风情、文化哲理有更深切的认同。

精彩链接：

《钱在路上跑》插曲（阿里木讽刺克里木不劳而获）

　　不劳而获的人

　　享受天伦之乐

　　付出血汗的人

　　却在一直挨饿

　　农民辛勤劳作

　　所获的果实

　　却被偷盗者

　　无情地掠夺

《钱在路上跑》插曲（赛里木误会古丽仙另嫁他人）

　　你就像美丽的花儿芬芳

　　你就像脆弱的花瓣容易飘落

　　彼此的诺言是很浅薄

　　相互依恋无法相见

　　赐给你金呐

　　还是给你银

　　相思依旧近日重逢

　　我会赏给你火一般的心

　　你那迷人的身材让我痴迷

　　不知能否接受我真诚的爱

一份多民族区域里的母爱
——《真爱》

编剧:尹检　高黄刚
导演:西尔扎提·牙合甫　张欣
主演:孔都孜扎依·塔西　拜合提亚尔·艾则孜
出品:天山电影制片厂
年份:2014

故事梗概：

上世纪70年代，维吾尔族母亲阿尼帕·阿力马洪无意间看到了孤苦无依的王彩霞，便将她带回了家照顾，后来又找到了她的哥哥王云辉，也领回了家，与自己的孩子一同生活。直到最后，善良的阿尼帕收留的孤儿加上自己的孩子，一共19个，她成了这19个孩子的妈妈。她与丈夫阿比包一同辛苦劳作，节衣缩食，照顾着这19个孩子，避免他们争执，带孩子看病。那是一段艰辛的岁月，是夫妻俩人和19个孩子的悲欢离合。经历了重重磨难，他们终于迎来了好日子。孩子们结婚生子，儿孙满堂，一大家子幸福地生活在了一起。

《真爱》是以"2009感动中国十大人物"、"新疆首届十大杰出母亲"阿尼帕·阿力马洪的真实感人故事为原型创作拍摄的新疆重点影片。导演与工作人员都为此做了许多准备工作，花费了很大精力，影片讲述了维吾尔族母亲与19个孩子的故事。故事虽简单却感人至深，母爱虽朴实却催人泪下，这部影片放映后好评如潮，得到了大家的一致肯定。

平凡而伟大的人物形象

阿尼帕无疑是影片《真爱》中的灵魂人物，要想通过100分钟的电影展现人物的一生，确实需要一番思量。影片是通过主人公阿尼帕的独白展开的。画面中白发苍苍的阿尼帕老人佝偻着腰、步履蹒跚地走在皑皑雪地上，她有些浑浊的双眼透过前方在看着什么。"光阴就像潺潺的流水一样流逝，青春也悄然远去，想想自己的童年，再想想他们的童年，这就是我们的故事。"时光倒回了1974年。

阿尼帕是一个年轻美丽的女人，若再加上两个身份，那就是妻子和母亲。她同大多数中国传统女性一样，可称为一个贤妻良母；她的不同则在于她有19个孩子，而这19个孩子还来自不同的民族。对她来说，养那么多孩子也许没有什么特殊的原因,洗衣、做饭只是出于一个女人的本性。

阿尼帕是善良的。当她看到小孩子孤身一人蹲坐在石堆下哭泣,心中不忍,便将她带回了家,细察之下才发现原来她是个女孩儿。那么满头疥疮、浑身脏兮兮的流浪儿,阿尼帕却丝毫不嫌弃,给她擦脸、洗澡,还不惜花费很多钱带她去看医生。最终得偿所愿,小彩霞长出头发来了,阿尼帕妈妈抱着她喜极而泣,之后彩霞也非常珍惜她的头发,这可是阿尼帕妈妈苦心寻医的结果,她那又粗又长的辫子就是最好的见证。听了王彩霞父母亡故的事实后,阿尼帕怜惜地留下她做自己的孩子,并将彩霞的哥哥王云辉也接回了家。之后阿尼帕还收留了无家可归的那然,又收留了因学校崩塌而无处可去的两个女孩儿,她不忍心让孩子们无依无靠地受苦,便把他们都当作自己的孩子来养。

阿尼帕是坚强而乐观的。那是一个饥荒的年代,家家的粮食都不够吃,随着孩子的增多,家中更是捉襟见肘。夫妻俩再能干,也只有两双手,因而家中他们常常只能吃糊糊,两个大人也更是没吃过什么饱饭。阿尼帕不停地找活儿干,好不容易得到了一份洗羊下水的工作,双手经常浸在冰冷刺骨的河

水中,在冰天雪地里干活儿,连睫毛上都沾着冰粒儿。即便生活如此艰难,她也不愿放弃任何一个孩子。无论是后来丈夫赖以为生的店铺因火灾成了一片灰烬,还是儿子阿尔曼因为救锅而被压在房下身亡,即使遭受种种磨难,阿尼帕依然坚强地面对生活。

阿尼帕也是一个可爱的女人。有一个片段是夫妻二人因为孩子的问题发生了冲突,阿比包觉得家里"多一个孩子就多一份欠账",其他孩子也会饿着,阿尼帕却认为"吃的是少了点,但是总比没有好啊"。阿比包听后悻悻地出了门,却是去裁缝店给孩子们改衣服了。见到他返家,阿尼帕哭笑不得,捶打着阿比包,露出了小媳妇儿的情态,"我还以为你不要我们了呢"。阿比包安慰妻子,两人相视而笑,这正是贫贱生活中的一点情趣。

可以说,影片中的阿尼帕妈妈就是"真善美"的化身,她是一个普通的女人,但又是一个不平凡的女人,她的真爱,感染到了每个人。而丈夫阿比包是她背后的男人,他是阿尼帕坚实的后盾。

影片中的阿比包是沉默寡言的,但他默默地为这个家庭、为这些孩子付出了自己的一切,从几个细节就可以看出他那像山一样厚重的父爱以及担当。阿比包刚回到家中时,十多个孩子围着叫"爸爸",他爱抚并哄着每一个孩子;新到家里的孩子王云辉给他送饭时,阿比包看到他脚上的鞋子已经破得不成样子,便给他买了一双新鞋。阿比包看到妻子冰天雪地里还在河边洗羊下水,在她身后停留了许久;第二日清晨阿尼帕起床时不见了丈夫,出门之后才发现丈夫是在河边帮她洗羊下水,她笑了,还有些哽咽。还有一个桥段,孩子们在学校的运动会上取得了好成绩,为了奖励他们,阿比包提前回家去邻居那儿借鸡蛋,不过邻居家总共也就8个,阿比包便全借了回去,煮好后切开分给每一个孩子,孩子们吃得津津有味,夫妻俩却没有尝一口。阿比包也是伟大的,是隐藏在阿尼帕身后的为孩子们无声付出的人。

一件件事,虽微小却感人,也使得人物形象更加血肉丰满;凝聚的点点情感,更是在无形之中注入了人们的心底,让人难以忘却。

简单而浓厚的民族真情

阿尼帕母亲是社会上的道德模范,也是民族团结的典范。在少数民族地区,民族团结是永恒不变的主题,这在影片中也有所呈现。

阿尼帕所处的村庄,是多民族汇聚地,人们都相处融洽。片中的张主任是一个不可或缺的人物,阿尼帕想找活儿干却失望而归,张主任听闻便帮她找了工作;看洗羊下水的活儿太累,又帮阿尼帕找了在学校做饭的工作;后来还经常接济这个家庭,送粮或其他吃的。村里的邻居也会送来吃的,那个裁缝也会常常帮忙,比如借牛车。后来村委会了解到这个特殊情况,还专门为阿尼帕家分了大房子,随着社会的进步,他们的日子也一天天好起来了。

当然,这部影片主要讲的是阿尼帕夫妻和 19 个孩子的故事。王彩霞刚到这个家庭的时候,因为头上长满了疥疮,孩子们都躲得远远的,如避瘟神一般;同桌吃饭时,有的孩子一拥而上去抢她的吃的,被阿尼帕妈妈及时制止。即便如此,还有两个小女孩朝她做鬼脸,很不待见她;小彩霞见到其他孩子在外面玩耍时非常羡慕。王云辉初到阿尼帕家里时因为一双新鞋而与阿尔曼打架,阿尼帕劝阿尔曼将鞋让给云辉,还打了他一耳光,阿尔曼既委屈又伤心,躲在一边不搭理妈妈,阿尼帕见了心里十分难受。

后来,渐渐地,孩子们习惯了一同吃饭、一同睡觉、一同上下学,于是开始愉快地玩耍了。吃饭时,孩子们会坐在饭桌旁井然有序地传递着饭碗;运动会上阿尔曼和王云辉都参加了跑步比赛,阿尔曼跑完后立刻把鞋子换给了云

辉,当时云辉还愣了一下。因为有了母亲,孩子们的内心世界不再被尘封。孩子们总是那么纯真,从排斥到友爱,从陌路到亲人,一大家子其乐融融。后来孩子们之间有心意的,阿尼帕夫妻为他们举办了盛大的婚礼。看到那么多孩子环绕膝旁,阿尼帕和阿比包也欣慰地笑了,这是他们的骄傲。

纪实与写意的电影风格

　　影片采用的是线性叙事方式,以阿尼帕老人的追忆为开端,大体分为三个时间段:1974年、1984年、2010年。当然,上世纪70年代那些艰辛的岁月是主体,影片五分之四的篇幅都在讲述那个阶段的故事。真实再现当时的情景、情感的自然抒发,都使这部影片更能打动人,还有构图的景致、音乐的相辅相成以及镜头的组接,都为这部影片增色不少。

　　影片中的锅无疑是个重要的道具。因为家里人口太多,一锅饭盛完还不够一个孩子一碗,必须得再做一锅。后来夫妻二人千辛万苦从雪地里挖出了一口大锅,将它拉回了家,孩子们围成一圈,又是搭灶,又是刷锅,忙得不亦乐乎。古尔邦节时妈妈做了一年中唯一一次的干饭,平常都是吃稀的,孩子们吵着还要,阿尼帕便将自己碗里的玉米分给他们,将粘在碗上的玉米粒一点不剩地吃光了。家中虽清贫,他们却过得幸福甜蜜。孩子们都长大了,姑娘们围着大锅一块儿揪面片儿,时不时地打闹,这样团圆的场景总是令人感动。孩子们不在时,大锅上总是细致地盖了一条毯子,一个孩子无意中将缸放在了大锅上,老年的阿比包看到后十分不悦,费力将大缸搬了下来,还大发脾气说道:"这锅上面不能放东西,总会有一天,孩子们会回来吃这口锅里做的饭。"在一个雷雨夜,阿尔曼也是因为奋不顾身地去保护这口大锅而付出了生命。这口大锅,是全家人的寄托,父亲说过:"锅在,家就在。"

　　影片中的吊桥也多次出现,童年时孩子们上下学经过吊桥时都会在桥头的石柱旁比比个头,并在上面做上标记;老年的阿比包抚摸着这些划痕沉默许久,表面虽平静无波,内心却汹涌翻腾,孩子们大了离开了家,老两口不免有些落寞,思念着远方的孩子。在那条细长的吊桥上,阿尼帕和孩子们曾手牵手一同走过,他们排成一条直线,说说笑笑,那画面如此温馨。绿意盎然,水流潺潺的桥面上,留下的是一串串轻浅的脚印,还有那银铃般清脆的笑声。为了衬托这幅画面,轻缓而有活力的童谣响起:"大树大树撑起天空,将天涯小草揽进怀里;小草小草装点春天……"那是一个诗情画意般的场景。

孩子们一个个离开,有了自己的工作、自己的生活,阿尼帕与阿比包都感到孤寂,深深地想念孩子们,他们一遍遍地走过那时经过的吊桥、小路,记忆的碎片总会在不自知的情况下一一呈现。阿比包也会拿着工具去吊桥处加固桥板,阿尼帕在桥头观望着丈夫的举动,思绪也飘远了。回到家中,他们又是一遍遍地洗锅,洗得锃亮,就是期盼着孩子们再聚到一起吃顿饭。

影片中还有那然的弹唱以及多处配乐,爸妈再次领着孩子们走过吊桥时萦绕耳畔的是一首有关故乡的歌曲:"每当想起故乡啊,温暖的土地,眼前仿佛又看见养育我的家。每当想起爹娘啊,慈祥的面庞,抱着怀中娃娃,泪水流下来。"这首歌既是对故乡的眷恋,也是对父母的感恩。那然打算去北京发展音乐之路,父母还有其他孩子为他送行,此时又有另外一首歌曲:"夜空风静挂着月亮,银光投在水面上。阿吾勒一边深山谷,小河奔流涛声唱。"云辉因无意间推倒同学导致其受伤,被警察带走时父母心中哀痛,这时那然夜间弹唱表达安慰:"可怜的母亲们泪水湿衣襟,难舍难分步步回头真怅惘;黑骏马失蹄只因树墩使绊。"这些民族乐器以及民歌童谣的出现,都体现了新疆的地域文化,增添了民族色彩,是新疆本土电影的一个重要特点。

这只是一份朴实的爱,一份纯真而没有杂质的母爱;这19个孩子是不幸的,也是幸运的。他们遇到了一位好母亲;阿尼帕是普通的,也是不凡的,她所展现的人性的光辉已深入人心。花开无声,沁人心脾;母爱无声,真爱永恒!

精彩链接:

2015年4月7日对于西尔扎提·牙合甫导演的采访笔录(节选):

问:之前看了《真爱》这部影片,有一些特效,还有高水平的剪辑,看来您对此是下了很大的功夫。那您做前期工作时是怎样一个过程呢？

答：往年电影都是给我充裕的时间考虑，这部电影是突然从宣传部下来让我拍。这个人物我之前也在电视、报纸各种媒体上看过报道。这是很大一个题材，全国人民都知道这个阿尼帕母亲，要是拍不好，母亲的形象很难树立起来；而且19个孩子，要怎么表现呢？还有就是这样一部主旋律电影，拍出来后观众会不会喜欢……想了很多。而且当时快10月份，阿勒泰也快入冬了。后来就想着去见见阿尼帕，看看她到底是什么样一个人。

我去了之后，见了面，她说你们这拍电影的人来得太多了，一次一次问，还是那些话。我说这次我就是来坐一坐，吃吃饭、喝喝茶，就可以了，没有别的意思。她就同意了。当时房子里进进出出很多人，我就问她为什么养这些孩子？她说，不为什么，如果你见到一个流浪儿，你会怎么做？会不会考虑可怜一下他，带他回家，我相信你肯定也会这么做。给他一碗饭，待一天，住两天，慢慢就喜欢上他了，习惯了，就成了我的孩子了。我说这些孩子里面哪些是你养的，什么民族？她说这些全都是我生的。她就这样子，发脾气。她说，你们这些记者啊，老问这些话，我没当这些孩子是养的，他们现在已经忘记了那些养的过程，你们老提，文章一出，画面一出，孩子们见了马上就该想起来小时候了，就会有这个概念，你们不要提好不好？我们家没有民族，我们家的孩子都是我生的。我说"对不起对不起"，我问错了。完了之后她就说，我就是普普通通的母亲，我是一个女人，没你们写得那么神话，就是做饭、洗洗衣服而已，这是一个女人的本性。就这三个问题，我就找到了感觉，就是19个孩子，将过程细腻地表现出来，就是一个故事。给编剧说了一下，要写朴实，就是自然地记录，边拍边写。拍摄了70多天，前面准备一个月，后期制作六七个月。

新疆民族题材影片索引
（1955—2015）

序号	片名	年份	导演	出品	民族题材
1	哈森与加米拉	1955	吴永刚	上海电影制片厂	哈萨克族
2	沙漠里的战斗	1956	汤晓丹	上海电影制片厂	维吾尔族
3	两代人	1960	陈岗 欧凡	新疆电影制片厂	维吾尔族
4	远方星火	1961	欧凡	新疆电影制片厂	维吾尔族
5	阿娜尔罕	1962	李恩杰	北京电影制片厂 新疆电影制片厂	维吾尔族
6	冰山上的来客	1963	赵心水	长春电影制片厂	塔吉克族
7	草原雄鹰	1964	凌子风 董克娜	北京电影制片厂	维吾尔族
8	天山的红花	1964	崔嵬 陈怀皑 刘宝得	西安电影制片厂 北京电影制片厂	哈萨克族
9	黄沙绿浪	1965	江雨声	海燕电影制片厂	维吾尔族
10	雪青马	1979	俞仲英	上海电影制片厂	哈萨克族
11	向导	1979	王心语 郑洞天 谢飞	天山电影制片厂	维吾尔族
12	草原枪声	1980	孟庆鹏	天山电影制片厂	哈萨克族
13	阿凡提	1980	肖朗	北京电影制片厂	维吾尔族
14	艾里甫与赛乃姆	1980	付杰	天山电影制片厂	维吾尔族
15	幸福之歌	1981	广春兰	天山电影制片厂	维吾尔族
16	姑娘坟	1982	唐光涛 托合塔森	天山电影制片厂	哈萨克族

续表

序号	片名	年份	导演	出品	民族题材
17	热娜的婚事	1982	广春兰	天山电影制片厂	维吾尔族
18	不当演员的姑娘	1983	广春兰	天山电影制片厂	维吾尔族
19	伞花	1983	景梦陵 章卓英 祖颖之	天山电影制片厂	维吾尔族 哈萨克族等
20	边乡情	1983	张昌源 安海平	天山电影制片厂	维吾尔族
21	冰山脚下（曾名《阿克莱》）	1983	郑国恩 唐光涛	天山电影制片厂	柯尔克孜族
22	奴尔尼莎	1984	阿不都拉	天山电影制片厂	维吾尔族
23	故乡的旋律	1984	马精武	北京电影学院 天山电影制片厂	维吾尔族
24	戈壁残月	1985	赵心水	长春电影制片厂	哈萨克族
25	亲人	1985	于得水	天山电影制片厂	维吾尔族
26	神秘的驼队	1985	广春兰	天山电影制片厂	维吾尔族
27	钱,这东西	1985	金舒琪	天山电影制片厂	维吾尔族
28	不平静的巩巴克	1986	唐广涛	天山电影制片厂	维吾尔族
29	魔鬼城之魂	1986	张风翔	天山电影制片厂	哈萨克族
30	美人之死	1986	广春兰	天山电影制片厂	维吾尔族
31	孤女恋	1986	广春兰	天山电影制片厂	哈萨克族
32	少女·逃犯·狗	1987	达奇	天山电影制片厂	维吾尔族
33	小客人	1987	李世发	天山电影制片厂	维吾尔族 哈萨克族
34	买买提外传	1987	广春兰	天山电影制片厂	维吾尔族
35	强盗与天鹅	1988	吴荫循	广西电影制片厂	维吾尔族 藏族
36	浪人	1988	李伟	天山电影制片厂	维吾尔族
37	光棍之家	1988	吐依贡	天山电影制片厂	维吾尔族
38	西部舞狂	1988	广春兰	天山电影制片厂	维吾尔族
39	快乐世界	1989	广春兰	天山电影制片厂	维吾尔族
40	天王盖地虎	1990	吴天忍	上海电影制片厂	维吾尔族

续表

序号	片名	年份	导演	出品	民族题材
41	男子汉歌厅的女明星	1990	广春兰	天山电影制片厂	维吾尔族
42	火焰山来的鼓手	1991	广春兰	儿童电影制片厂	维吾尔族
43	阿凡提二世	1991	吐依贡	天山电影制片厂	维吾尔族
44	求爱别动队	1992	广春兰	天山电影制片厂	维吾尔族
45	滚烫的青春	1993	广春兰	天山电影制片厂	维吾尔族
46	阿曼尼萨罕	1993	王炎 王星军	天山电影制片厂 天津电影制片厂	维吾尔族
47	广州来了新疆娃	1994	王进	珠江电影制片厂	维吾尔族
48	大漠双雄	1994	吴荫循	天山电影制片厂	维吾尔族
49	戈壁来客	1995	广春兰	天山电影制片厂	维吾尔族
50	阿娜的生日	1996	徐纪宏	天山电影制片厂 北京电影制片厂	维吾尔族
51	会唱歌的土豆	1999	金丽妮	天山电影制片厂	维吾尔族 哈萨克族
52	真心	2000	广春兰	天山电影制片厂 上海永乐电影电视（集团）公司	维吾尔族
53	微笑的螃蟹	2001	金丽妮	天山电影制片厂	维吾尔族
54	库尔班大叔上北京	2002	李晨声 董玲	天山电影制片厂 电影频道节目制作中心	维吾尔族
55	美丽家园	2004	高峰	天山电影制片厂 电影频道节目制作中心	哈萨克族
56	牵挂	2004	严高山	潇湘电影制片厂	哈萨克族
57	至爱	2005	严高山	天山电影制片厂 上海祥盛影视制作发行有限公司	维吾尔族
58	吐鲁番情歌	2005	金丽妮 西尔扎提	天山电影制片厂 电影频道节目制作中心	维吾尔族
59	风雪狼道	2007	高峰	天山电影制片厂	哈萨克族

续表

序号	片名	年份	导演	出品	民族题材
60	买买提的 2008	2008	西尔扎提	天山电影制片厂	维吾尔族
61	大河	2009	高峰	天山电影制片厂	维吾尔族等
62	卡德尔大叔的日记	2009	蔡德华	电影频道节目制作中心 北京红日影业公司	维吾尔族
63	鲜花	2010	西尔扎提	天山电影制片厂 华夏电影发行有限责任公司	哈萨克族
64	乌鲁木齐的天空	2011	西尔扎提	天山电影制片厂	维吾尔族 哈萨克族 回族 蒙古族
65	盛开的向日葵	2011	苏磊	天山电影制片厂	维吾尔族
66	真爱	2013	高黄刚	天山电影制片厂	维吾尔族
67	巴彦岱	2014	董玲	中国新闻社新疆分社伊宁市委宣传部	维吾尔族
68	钱在路上跑	2014	高黄刚	天山电影制片厂	维吾尔族
69	梦开始的地方	2015	苏磊	天山电影制片厂	维吾尔族 哈萨克族 回族 塔吉克族